새벽은 새벽에
눈뜬 자만이 볼 수 있다

새벽은 새벽에
눈뜬 자만이 볼 수 있다

김수덕 명상 에세이

한문화

차례

여는 글

세상에는 크고 작은 여러 기쁨들이 있습니다만, 지혜를 담은 말씀을 들을 때 우리 가슴에 차오르는 환희심보다 더 큰 기쁨은 없을 것입니다.

일지—指 이승헌 님은, 말씀을 '마음의 알맹이를 쓰는 것'이라고 했습니다. 말씀에는 마음의 알맹이가 담겨 있기 때문에 한 문장의 가르침, 짧은 일화라도 존재 깊숙이 파고드는 힘을 지니고 있으며, 그 힘으로 사람을 변화시킵니다.

『새벽산책』과 마찬가지로 이 책은 대중 앞에서, 혹은 사석에서 이루어진 일지 이승헌 님의 말씀을 풀어 엮은 책입니다. 이 책의 많은 내용이 그 분에게서 왔음에도 지은이를 일지 이승헌 님으로 하지 않은 까닭은, 그 분의 깊이에 비하면 이 책이 턱없이 부족하기 때문입니다. 일지 이승헌 님의 가르침을 그대로 옮긴 것이 아니라 엮은이의 생각으로 물들인 내용이 많기 때문입니다.

일지 이승헌 님은 지난 20년 동안 국내외에서 수많은 사람들에게 깨달음을 전해 왔습니다. 그 내용을 책으로 엮으면 아마 수백 권 분량이 될 것입니다. 엮은이를 포함하여 일지 이승헌 님에게 감화를 받은 많은 이들이 그 분의 가르침을 있는 그대로 담은 책을 준비하고 있습니다. 오랫동안 공을 들인 그 책이 머지않아 많은 이들을 찾아 갈 터인데, 이 책은 그 맛보기 정도로 생각하면 됩니다. 『새벽산책』이나 이 책을 읽고 감동을 받은 독자라면, 그 분의 강연집을 접하면 틀림없이 영혼이 전율하는 체험을 하게 될 것입니다.

엮은이는 일지 이승헌 님을 통해 말씀의 위력을 참으로 많이 경험했습니다. 지나가듯 던지는 한 마디에도 나의 영혼이 소스라치게 놀라며 말로 표현할 수 없는 기쁨과 영적 해방감을 느끼곤 했습니다.

일지 이승헌 님은 '만남'이란 얼굴을 마주보는 것이 아니라 심정과 심정이 부딪치는 것이라고 했습니다. 이 책은 보는 책, 읽는 책이 아니라 '만나는 책'입니다. 독자 여러분도 이 책에 스민 말씀을 만나 정신의 화학반응을 경험하시기 바랍니다.

새벽에
김수덕

7

바다에서는 바다의 시를 읊는다

욕망 자체를 없애려 하는 것은
마치 파도가 치지 않는 바다를 찾는 것처럼 무모합니다.
그것은 끊는다고 끊어지는 것이 아닙니다.
욕망이 없으면 생명 현상도 없습니다.
욕망은 파도와 같아서 잘 타고 가기만 하면 되는 것입니다.

요즘 세상에 일상에 함몰되지 않고, 주위 분위기에 휩쓸리지 않고 자기 자신을 바라보며 사는 이들이 몇이나 될는지요. 자기 응시의 시간을 놓치며 살아가는 대부분의 사람들은 확실한 삶의 목표와 중심이 없기 때문에 주위에서 하는 대로 따라하기 바쁩니다.

금반지 낀 사람 보면 그게 좋아 보이고, 다이아몬드 반지 낀 사람 보면 그게 부럽고, 좋은 집안으로 시집가는 걸 보면 또 부럽고, 예쁜 여자하고 살면 그 또한 부럽고……

전부 다 비교해서 살기 때문에 자기 주체가 없습니다. 모두 남들처럼 살아야 되는 줄 알고 그렇게 안 되면 불안해 합니다.

"이 시간이 끝나는 대로 내게로 와라."

어떤 스승이 여러 명의 제자 가운데 한 명을 은밀히 불러냈습니다.

"손을 펴 봐라."

스승은 문을 걸어 잠그고 제자에게 귀한 선약仙藥을 한 개 주었습니다.

"너한테만 주려고 오래 전부터 아껴 오던 것이다. 다른 사람들한테는 알리지 말고 너 혼자 간직하도록 해라."

제자는 자신이 특별히 선택되었다는 기쁨에 너무 흥분한 나머지 그날 밤 잠을 이루지 못했습니다.

그런데 다음날 스승은 선약을 한 바구니 가져와서는 제자들 모두에게

한 웅큼씩 나누어 주었습니다. 지난밤에 혼자서 좋아하던 그 제자를 뚫어져라 바라보면서 말입니다.

이 두 가지 경우에 감사함을 느끼는 정도가 어떻게 다를까요? 어떤 기쁨이 더 클까요? 대부분의 사람들에게는 첫 번째 선약 하나가 더 크게 느껴집니다. 사람의 마음이 그렇게 얄팍하고 옹졸합니다. 나만 준다면 신이 나는 거지요. 똑같은 물건인데도 남이 가졌으면 기분이 별로 안 나고 자기한테만 준다면 그렇게 좋아하는 겁니다. 그래서 누구에게나 불어오는 바람, 모든 이의 얼굴을 다 비추는 태양의 고마움은 느낄 줄 모릅니다.

인간의 그러한 의식이 바뀌지 않으면 아무리 정치를 잘하고 사회 복지 수준이 높아져도 소용이 없습니다. 인간이 가지고 있는 잘못된 기준, 그 뿌리 깊은 이기심에서 자유로워지지 않으면 안 됩니다.

수행을 통해서 혹은 신앙 생활을 통해서 마음공부를 한다는 사람은 많은데 왜 우리 시대는 '희망과 이상이 부재하는 시대' 라고 불리는 걸까요? 그것은 사람들이 자기의 이기심을 포기하려고 하지 않기 때문입니다. 이기심이 사그라진 자리에 세상과 사람에 대한 사랑이 넘쳐야 하는데 그렇지 못한 것입니다.

'대사일번大死一番이면 득도得道'라는 말이 있습니다. 그런데 무엇이 죽어야 한다는 말일까요? 바로 이기심입니다. 성당이나 교회, 혹은 절에서 기도나 명상을 할 때는 누구나 성스럽고 아름답지만 그곳을 벗어나면 마음은 다시 황량해지고 맙니다. 왜냐하면 이기심을 극복한 것이 아니라 이기심의 철창 속에 갇힌 채 잠시 아름다운 그림책을 보고 나온 것이기 때문입니다. 그 속에서 자비를 이야기했고 사랑을 이야기했기 때문입니다. 그 동안의 종교는 사람들을 큰 사랑으로 이끌었다기보다는 개인의 이기심을 조장하는 쪽으로 흐른 측면이 많습니다. 우주의 섭리와 법칙에 눈뜨게 하고 삶 속에서 그것을 실천하도록 안내한 것이 아니라 개인적인 기복과 교리에 의한 관념을 가르쳤기 때문입니다.

우리 사회에 만연한 것 중의 하나인 비교의 문화도 이기심과 소유욕에서 나오는 것입니다. 아이들을 칭찬할 때도 "참 잘했구나"하면 되는데도 사람들은 "누구보다 잘했구나"라고 말합니다. 그런 말을 듣고 자라는 아이는 자만심이 싹터 다른 사람들을 쉬이 업신여기게 됩니다. 나무릇 때도 "누구는 잘하는데 너는 왜 이것도 못 해내느냐"고 야단칩니다. 그런 비교 속에서 시기와 질투심이 생기고 그 시기심과 질투심이 증오를 부릅니다. 사촌이 땅을 사면 배가 아프다는 것이 정답처럼 통용되는 사회라면 무언가 잘못된 것입니다.

어른들이 아이들에게 가장 많이 하는 말은 아마도 "공부해라"일 것입니다. 자녀가 "공부는 왜 해야 하나요?"라고 물을 때 당신은 어떻게 대답합니까? 아이들이 '왜 사는가'라는 문제로 고민할 때 철들었다고 좋아하는 것이 아니라 "공부나 열심히 할 것이지, 무슨 개똥철학이냐?"고 으박지르지는 않는지 모르겠습니다.

많은 사람들이 인간 관계 속에서 자존심 때문에 굉장히 힘들어 합니다. 자존심으로 자기를 자꾸 보호하려다 보니 다른 사람과 타협이 잘 안됩니다. 자존심을 내세우다 보면 평화나 사랑은 그만큼 멀어지고 인간 관계가 불편해집니다.

이기심을 버리고 큰 사랑을 하고자 하는 사람은 자존심부터 뿌리뽑히는 체험을 하지 않으면 안 됩니다. 그런데 사람들은 자존심이 무너지는 것을 자신의 생명을 잃는 것만큼이나 두려워 합니다. 자존심이 자기를 존귀하게 여기는 마음이라고 알고 있는데, 사실 따지고 보면 자신의 실체라기보다는 자신에게 형성된 여러 관념들을 보호하려는 마음입니다.

그리 보면 자존심은 진리를 추구하고 찾는 마음이 아니라 자기의 습관과 관념을 지키려는 마음이지요. 그 자존심이야말로 우리의 변화를

방해하고 자유롭지 못하게 묶어 두고 있는 사슬입니다.

자존심은 이기심의 경비원입니다. 그 경비원이 잘 차려 입고 나서면 그렇게 화려해 보일 수 없습니다. 자존심이 권위의 상징이라도 되는 것처럼 자랑삼아서 "나는 자존심이 세다"고 말하는 사람이 있는데, 그것은 상대방에 대한 하나의 경고입니다. "나를 건드리지 말라"는 말의 다른 표현이지요.

순수해지면 그때는 남보다 더 잘 입고, 더 잘 먹고, 잘 사는 데서 오는 상대적인 기쁨이 아닌 절대적인 환희심과 기쁨이 옵니다. 존재 자체로부터 우러나오는 절대적인 기쁨이 가슴을 채우는 것입니다.

13

자존심이 강한 사람은 자갈밭과 같은 가슴을 지니고 있어서 그 밭에 곡식을 심으려고 쟁기를 대었다가는 쟁기가 부러질 판입니다. 아무리 아름다운 나무를 갖다 심어도 뿌리를 내리지 못하기 때문에 그는 참 스승을 만나기가 어렵습니다.

심인성 질환, 특히 불안과 초조는 대부분 이기심과 질투심, 그리고 자존심에서 옵니다. 너무나 많은 사람들이 이기심과 질투심의 노예가 되어 있으면서도 그 늪에서 헤어나지 못하고 있습니다. 성공이라는 고지를 향해 가도록 다그치는 힘이 이기심과 경쟁에서 나온다고 착각하기 때문이지요.

배는 물 위에 떠 있지만 물과 분리되어 있습니다. 만일 배가 물로 가득 찬다면 결국 밑바닥으로 가라앉고 말 것입니다. 우리들 세상살이도 이와 마찬가지입니다. 온갖 감정과 욕망들로 마음을 가득 채운다면 우리는 물이 가득 찬 배처럼 침몰하고 말 것입니다. 진리를 구하는 사람은 욕망의 바다 위에 떠 있으되 그것에 집착해서는 안 됩니다.

욕망 자체를 없애려는 것은 마치 파도가 치지 않는 바다를 찾는 것처럼 무모합니다. 그것은 끊는다고 끊어지는 것이 아닙니다. 욕망이 없으면 생명 현상도 없습니다. 욕망은 파도와 같아서 잘 타고 가기만 하면 되는 것입니다. 여기서 또다시 중요해지는 것이 삶의 목표입니다. 때로는 험난한 그 여정을 비춰 줄 등대가 필요한 것이지요.

냇물은 막아도 강물을 낳고, 강물은 막아도 결국 바다로 가게 되어 있습니다. 세상의 이치도 그와 같아서 아무리 막으려 해도 왔던 것은 결국 원래대로 돌아갑니다. 마치 사월의 훈풍에 보리꽃이 피는 것을 막을 수 없는 이치와 같습니다. 그러나 사람들은 그 이치를 보지 못하고 오로지 짧은 계산속으로 이 세상을 살아가려 합니다.

냇가에서 노는 사람에게는 그 사람만이 읊을 수 있는 시가 있습니다. 강에서 노는 사람에게는 강바람을 노래할 수 있는 감각이 있습니다. 시냇물의 시나 강바람의 노래도 나름의 운치가 있지만 우리는 언젠가 바다로 흘러 들어가게 되어 있습니다. 이기적이고 작은 나에서 벗어나 큰 나로 돌아가야 되는 것입니다.

바다에서는 바다의 시를 읊어야 합니다.

온 마음

우주 만물은 철저한 거래의 법칙을 따르고 있으므로
우리가 무엇인가 마음을 다해 간절히 원하면
온 천지가 그것을 이루어 주려고 법석거립니다.
문제는 '어떻게 하면 온 마음을 가질 수 있느냐' 입니다.

늘 스스로를 부족하고 못났다고 불평하는 제자에게 스승이 이렇게 호통쳤습니다.

"그런 얘기 하지 말아라. 하늘이 기분 나쁘게 여긴다. 네가 무언데 감히 부족하다고 그러느냐? '능력을 주십시오'라고 하지도 말아라. 이놈아, 준 지가 언젠데…….. 사람으로 태어나는 그 순간 하늘은 이미 너에게 모든 것을 다 주었다."

자신은 늘 열심이지만 하늘조차도 그 공功을 알아주지 않는다고 불평하는 제자에게 스승은 또 이렇게 말했습니다.

"도道는 거래다! 도는 장사다! 다만 정직한 장사일 뿐이다. 천지 일체가 전부 장사하는 것이다. 네가 하늘에 마음을 주면 하늘도 마음을 준다. 네가 마음을 주지 않으면 하늘도 마음을 주지 않는다. 그것이 하늘의 자비다. 사람들은 무조건 주기만 하는 것이 자비라고 알고 있지. 착각이다. 세상 이치가 그렇지 않은데……. 수증기가 올라가야 비가 내리고 물과 태양빛이 있어야 열매가 맺는다. 세상 모든 일은 다 에너지와 에너지의 거래일 뿐이다."

우주 만물은 이처럼 철저한 거래의 법칙을 따르고 있으므로 우리가 무엇인가 마음을 다해 간절히 원하면 온 천지가 그것을 이루어 주려고 법석거립니다. 문제는 '어떻게 하면 온 마음을 가질 수 있느냐'입니다.

온 마음을 가진 사람은 스스로에게 부정적인 이야기를 하지 않습니다. "나는 안 돼", "나는 못 해"라는 단어를 거부합니다. 늘 "나는 할 수 있어"라고 말하고 일이 잘 안 풀릴 때도 스스로를 다독거려 힘을 북돋

올 줄 압니다.

순간 순간 어떤 생각 속에 나를 던져두느냐, 어떤 생각 속에 머무르느냐가 우리의 삶을 결정합니다. '나는 안 돼'라는 생각을 한번 품으면 그것은 우리의 마음 깊숙이 '녹음'되어 있다가 결정적인 순간마다 불쑥불쑥 튀어나와 온 마음이 되는 것을 방해합니다.

그러므로 세상에서 가장 고감도의 센서를 가진 자신의 마음밭에 절망적인 얘기를 해서는 안 됩니다. 스스로를 긍정하고 아껴 주면 마음밭은 절로 풍요로워져서 애써 가꾸지 않아도 여유와 자신감이 흘러나오게 됩니다.

생각이란, 또 습관이란 참 우스운 것이지요. 곧 죽을 것처럼 앓던 사람도 "불이야" 소리 한 번이면 벌떡 일어나 뛰쳐나가기 마련입니다. 그러니 '나는 안 돼', '나는 못 해' 하고 주저앉은 그 자리가 사실은 착각에 불과하다는 것을 알아야 합니다.

'나는 왜 이럴까?' 이것은 아무리 오래 붙들고 있어도 이득 될 게 하나도 없는 생각입니다. 그렇게 했다간 백전백패해서 '나는 왜 이럴까'만 자꾸 되풀이하게 됩니다. 감정을 이기는 길은 그 감정 속에 푹 빠져 있던 자기 자신에게 다른 곳을 보게 하는 방법밖에 없습니다. 그 생각만 지우면 또 다른 세계가 펼쳐집니다.

이 세상을 천국으로 만드는 것도, 지옥으로 만드는 것도 우리의 생각입니다. 결국 자기 자신의 생각이 자신과 세상의 모든 것을 창조하는 것이지요.

피는 꽃마다 아름답구나

초라한 화단에 엎드려 핀 민들레라서 덜 아름답고
부잣집 담장을 장식한 장미라서
더 아름다운 것이 아니로구나.
누구는 이래서 못났고 누구는 저래서 더 잘난 것이 아니로구나.
피는 꽃마다 아름답구나.
살아 있는 모든 것마다 저렇게 빛나고 있구나.

어느 해 봄날이었던가, 나는 아주 고요하게 잠에서 깨어났습니다. 아침 햇살에 이끌려 창문을 열다가 뜰에 핀 봄꽃 몇 송이와 눈이 마주친 순간이었습니다. 갑자기 가슴 저 깊은 곳에서 무엇인가가 솟구쳐 올라 나도 모르게 탄성을 지르게 되었습니다.

"아, 피는 꽃마다 아름답구나!"

서늘한 아침 공기와 따사로운 햇살이 막 뒤섞이기 시작할 무렵이었지요. 그 꽃들에서 뿜어져 나오는 생명력으로 내 가슴은 너무나 설레서 녹아 없어져 버릴 것만 같았습니다. 확인이라도 하듯 가슴에 두 손을 얹었습니다.

나도 모르게 문을 열고 밖으로 나와 뜰 앞에 섰습니다. 꽃송이에 머물러 있던 시선을 그 옆에 서 있는 나무에게로, 하늘로, 산등성이로, 골목길을 지나가는 사람들에게로 돌렸습니다.

신비한 아침이었습니다. 나의 눈길이 가 닿는 것은 무엇이든지 아름답게 빛났고 가슴속에서는 생명에 대한 예찬과 감사함이 피어 올랐습니다.

초라한 화단에 엎드려 핀 민들레라서 덜 아름답고 부잣집 담장을 장식한 장미라서 더 아름다운 것이 아니로구나. 누구는 이래서 못났고 누구는 저래서 더 잘난 것이 아니로구나. 피는 꽃마다 아름답구나. 살아 있는 모든 것마다 저렇게 빛나고 있구나.

아, 여태껏 나는 얼마나 나누고 가르고 분별하며 살아왔던가. 하늘도 바람도 태양도 꽃송이도 저렇게 하나의 생명으로 빛나고 있는데, 그 옆에서 우리 인간은 금 긋기나 짝짓기 놀이를 하며 스스로의 역사를 얼마나 부끄럽게 만들어 왔던가!

뜰 앞에 한참을 그렇게 서 있었습니다. 그 아침 이후로 나는 많은 것

을 생각하게 되었습니다. 무엇보다 모든 생명에 대한 순수한 사랑을 꿈꾸게 되었습니다. 인간은 순수한 사랑을 하고 또 받기 위해 이 세상에 왔다는 것을 확신하게 되었습니다. 사랑이라는 그 진실 하나를 알려 주기 위해 4대 성인이 이 세상을 다녀갔다고 생각하게 되었습니다.

하늘이 저렇게 넓어도 태양과 달이 없으면 빈 껍데기이듯 우리의 삶에 사랑이 없다면 얼마나 삭막하겠습니까?

나라를 사랑하는 마음, 가정과 이웃을 사랑하는 마음, 나의 뿌리를 알아 근본을 밝히는 것도 이 사랑의 인력이라는 본성의 소산인 것입니다.

순수한 사랑을 하다 보면 결국은 신성神性에 불이 붙게 됩니다. 이해관계에 따라 관념에 의해서 하는 사랑은 하면 할수록 신성을 가리게 됩니다.

감정을 뜨겁게 하는 사랑은 불꽃이 사그라들면 한순간 식어 버리지만 신성을 밝히는 사랑은 영원히 은은한 향기를 뿜어냅니다.

순수한 사랑을 하고자 하는 사람은 누구든지 사랑하는 훈련을 해야 합니다. 사람들은 흔히들 착각하지요. 자기 자신이 사랑으로 가득 찬 후에라야 누군가를 사랑할 수 있다는 어리석은 생각에 빠져 있는 것입니다.

존재하는 모든 것들은 하나로 연결되어 있습니다. 누군가에게 관심을 기울이고 위하는 마음을 갖는 순간 그것은 내 가슴에 다시 돌아와서 뿌리를 내리고 '사랑할 수 있는 힘'을 키워 줍니다.

그 날 아침 이후 나는 누군가를 만날 때마다 이런 생각을 갖기로 마음먹었습니다.

'나는 지구라는 별에 와 있는 고귀한 생명체다. 내 앞에 서 있는 사람은 내가 이 별에 와서 처음으로 만나는 생명체다. 나와 아주 비슷한 생명체가 여기 있구나. 모습은 다르지만 나와 같은 사랑, 행복, 기쁨, 슬픔, 외로움을 가지고 있는 고귀한 생명체가 지금 내 앞에 서 있구나.'

그렇게 생각하면 어디에서 그 누구를 만나든 항상 얼굴에는 따뜻한 미소가 번지고 가슴에는 사랑이 들어차게 될 것입니다.

파도는 바다가 아니다

감정은 마음이라는 바다에 이는 파도와 같은 것입니다.
파도도 바다의 일부이긴 하지만 바다 자체는 아니지요.
자기의 감정에 걸려 늘 좌초하는 사람은
세상으로 눈을 돌리지 못합니다.
눈을 돌린다 해도 그것은 색안경을 끼고
흘깃 쳐다보는 것일 뿐
깊고 차분한 응시는 못 됩니다.

살면서 느끼는 여러 가지 어려움, 감정들은 구름과 같아서 시간이 지나면 흘러가는 것인데 사람들은 그것을 움켜쥔 채 '힘들어, 힘들어' 하며 발만 동동 구릅니다. 그러니 구름이 더욱 오래 갈 수밖에요. 어차피 구름은 끼게 되어 있고 바람은 불게 되어 있고 비는 내리고 눈은 옵니다. 그러는 가운데서 나무는 자라고 꽃은 피었다 지고 열매는 맺히는 것이지요. 그 이치를 알면 담담하게 지나갈 텐데 사람들은 흘러가는 구름을 움켜잡느라 시간을 다 허비해 버립니다.

많은 현자賢者들이 이 세상을 다녀갔습니다. 그들의 삶에도 비는 내렸습니다. 그러나 늘 담대하고 의연했지요. '비가 오는구나. 저 비가 그치면 잎이 무성해지겠지.', '꽃이 피는구나. 저 꽃이 지면 또 새 잎이 돋겠지.' 그것이 인생임을 알았기 때문에 그들은 천둥이 쳐도 크게 웃을 수 있었습니다.

대부분의 사람들은 감정의 파도에 떠밀려 허우적거리며 살아가지만 감정의 실체(정확히 말하면 그것은 욕망의 찌꺼기지요)를 간파해 버린 도인道人들은 바다 밑 심연 속에 앉아서 그 파도를 구경하며 살아갑니다. 그것을 용심用心이라 하고 정명正明의 자리에 있다고 합니다.

흔히 마음이 슬프다, 마음이 기쁘다, 마음이 외롭다는 말을 합니다. 그러나 그렇게 알고 있는 마음은 마음이 아닙니다. 감정일 뿐입니다. 마음이라는 바다에 이는 파도와 같은 것이지요. 파도도 바다의 일부이긴 하지만 바다 자체는 아닙니다.

기분이 나쁘다, 좋다, 슬프다, 외롭다…… 이 모든 것은 마음이란 거울에 비친 그림자에 불과합니다. 마음이 없으면 우리는 그 어느 것도 느낄 수 없습니다. 아무리 아름다운 필름과 성능 좋은 영사기가 있다 하더라도 스크린이 없으면 영화를 볼 수 없는 이치와 같습니다.

난생 처음 영화관에 가 본 사람은 스크린 안에 산이 있고 바다가 있고 사람이 사는 줄 알고 놀랄 수도 있습니다. 스크린의 원리를 알고 나서야 진짜가 아니라 그림자였음을 깨닫게 되지요. 그러나 날마다 영화 구경을 하는 사람이라도 한참 영화 속에 빠져 있을 때는 스크린 속의 영상을 현실로 착각하기 마련입니다.

우리의 삶도 마찬가집니다. 자신의 생각과 감정에만 푹 빠져서 지내는 사람은 그것이 한 편의 영화에 불과하다는 생각을 하지 못합니다.

마음이 거울이라면 여러 가지 생각이나 감정은 거울에 비친 그림자, 먼지와 같은 것입니다. 그러니 기쁘고 슬픈 것에 매달려 연연해 할 필요가 없지요. 하루 일이 끝나고 잠자리에 누울 때 그 날 언짢은 일이 있었다면 이렇게 생각해 봅니다.

'오늘, 재미없는 영화 한 편 봤네.'

영화가 끝났다고 해서 스크린이 없어지지 않듯이 숱하게 오고 가는 감정들 속에서도 무언가 변하지 않는 것이 있습니다. 불안함도 바라보고 있고, 기쁨도 외로움도 슬픔도 바라보고 있는 어떤 존재, 그것이 바로 잠 자기이고 마음입니다.

"성질은 죽어도 못 바꿔!", "너, 내 성질 진짜 몰라서 그러는 거야?", "한번 혼나 볼래?" 사람들은 화가 날 때면 이렇게 성질을 내세우면서 상대방을 공격합니다. 그러니 평화가 없지요. 성질이 본질이라는 다이 아몬드를 싸고 있기 때문입니다. 그것을 깨닫기 전에는 자신의 피해 의식, 이기심, 자만심…… 그런 감정들을 지키는 것이 스스로를 보호하는 것이라고 생각합니다. 그런 감정들이 상처받고 무너지는 순간 자신은 죽는 것이나 다름없다고 착각하지요.

대개 사람들은 감정을 자기의 주인으로 여기며 살아갑니다. 그러나 그것은 언젠가는 떠나게 되어 있는, 쉴새없이 들어오고 나가는 손님일 뿐입니다. 그러니 참 행복을 감정에서 찾으려 해서는 안 됩니다.

감정은 파도와 같아서 물결치는 대로 움직이게 되어 있는데 무슨 재주로 그 감정을 잡을 수 있겠습니까? 아무리 머리를 쥐어짜도 좋은 감정만으로 자기의 삶을 둘러싸는 것은 불가능합니다. 세상에 둘도 없는 영웅이라도 할 수 없는 일입니다.

우리의 성장을 가로막고 있는 것은 무엇일까요? 그것은 지식의 많고 적음도 아닙니다. 양심이 있고 없음도 아닙니다. 숱하게 밀려오는 감정의 파도를 제대로 넘지 못하고 좌초되는 것, 그것에 대부분의 원인이 있습니다. 감정도 하나의 에너지인데 그것을 어떻게 타고 살아갈 것인가? 그 파도타기만 잘하면 작은 것에 매이지 않고 존재라는 더 넓고 풍요한 곳으로 나아가게 됩니다. 생활이 즐거워지고 삶에서 향기가 나고 많은 사람들이 향기에 이끌려 그 사람 주위로 모여듭니다.

세상에는 행복과 기쁨을 찾아 헤매는 사람이 많습니다. 뭐 좋은 일 없을까? 뭐 기쁜 일 없을까? 그러나 감정에 붙들려서 기쁨과 행복을 찾고 있는지, 아니면 감정을 다스리는 주체적인 입장에서 기쁨과 행복을 추구하고 있는지 스스로 잘 살펴 볼 일입니다.

인생에서 해야 할 가장 큰 공부는 자기의 감정과 욕망을 조절하고 지배하는 훈련입니다. 그리고 그것들 속에 감싸여 찬란히 빛나고 있는 다이아몬드를 발견하는 일입니다.

자기의 감정에 걸려 늘 좌초하는 사람은 세상으로 눈을 돌리지 못합니다. 눈을 돌린다 해도 그것은 색안경을 끼고 흘깃 쳐다보는 것일 뿐 깊고 차분한 '응시'는 못 됩니다.

적극적인 삶을 방해하는 일상적인 감정들 - 부끄러움, 수줍음, 두려움 - 에서 벗어나야 합니다. 그것은 하나의 환상이고 착각일 뿐입니다. 아무것도 아니라고 밀고 나가면 쉽게 깨지는데 자꾸 인정하다 보면 철근보다 강해집니다.

술에 취하면 용기가 생겨 평소에 못하던 말도 거침없이 하는 사람이 있습니다. 무슨 일이든 여러 명이 나서면 하기 쉬운데 혼자 하면 어렵지요. 술에 의지하거나 여럿이 모이면 쉽게 기운을 탈 수 있지만 혼자라면 스스로 기운을 일으켜야 하기 때문입니다. 그러나 처음에는 힘들더라도 자꾸 스스로 기운을 일으키는 연습을 해야 합니다.

지독한 감정에 빠져 본 사람은 알 겁니다. 그때는 아무것도 안 들리고 아무것도 안 보입니다. 그러나 그 감정에서 빠져 나와 뒤돌아보면 너무나 하찮은 것에 매여 있었다는 생각을 하게 됩니다. 바람에 떨어진 낙엽 하나가 눈을 가려 버린 격이지요. 그 낙엽 하나가 온 세상을 덮어 버린 것입니다.

자신의 감정에서 벗어나지 못한 채 생활하다 보면 세상을 사는 사람이 아니고 그저 세상을 구경만 하다 가는 사람이 되어 버립니다. 지식이 아무리 많다 하더라도 감정에 떠밀려 다니는 사람의 삶에는 항상 어두운 그림자가 따라다니게 마련입니다.

감정에 빠졌을 때 쉽게 벗어날 수 있는 방법 중의 하나는 시간과 공간을 이동하는 것입니다. 다른 사람들에게 관심을 기울이거나 일에 몰두하다 보면 그 감정에서 쑥 빠져 나오게 됩니다. 그런데 밤새도록 그 생각만 골똘히 하다 보면 나중에는 지치고 만사가 귀찮아져서 기회가 있어도 도전하지 않습니다.

또 삶의 목적이 확실할 때, 자신의 삶을 지탱해 주는 큰 정신이 있을 때 감정에 빠질 확률이 줄어듭니다. 사실 여러 가지 고달픈 생각이나 감정들 때문에 시달리지 않는 사람은 없습니다. 그런 것들은 우리가 살아 있다는 증거이기도 합니다.

아주 큰 고민이 있을 때 작은 고민은 없어지지요. 큰 정신이 있기 때문에 자질구레한 감정들을 이겨 낼 수 있는 것입니다. 나의 삶에서 작은 것을 이기는 큰 것은 무엇인지 곰곰히 생각해 볼 일입니다.

마음 속에 빛나는 다이아몬드를 찾아가는 길은 우리를 사로잡고 있던 선입견과 관념들을 버리는 과정입니다. 그런데 버리고 비우기보다는 자꾸 분석만 하려는 사람이 있습니다.

그 사람은 컵으로 바닷물을 떠 보고 그 안에서 바다를 보려고 합니다. 컵 속에서 고래를 찾으려는 사람입니다. 그러니 고래가 없지요. "바다에는 고래가 산다고 했는데, 멸치 한 마리도 없네." 서너 번 퍼 보고 안 되면 "에이, 가짜다" 하고 그만두는 사람입니다. 바다로 들어가야지, 앉아서 손만 내민 채 한 바가지 한 바가지 퍼서 분석해서는 결코 바다를 알 수 없습니다.

우리의 삶은 큰 진리의 바다입니다. 몇 대째 바다와 함께 살아온 어부도 고기잡이를 나설 때는 늘 두려운 마음으로 배에 오르는데, 빌딩 숲에서만 살던 사람이 바닷물을 한 컵 떠 보고는 고래가 어떻다는 둥, 산호가 어떻다는 둥 하는 것은 너무 조급한 모습입니다. 감정의 파도를 타고 저 바다 속으로, 삶의 신비와 아름다움 속으로 걸어 들어가면 거기에는 분명 고래가, 빛나는 다이아몬드가 있습니다.

참 아름다운 사람

양심을 가장 크게 좀 먹는 것이 바로 자기 정당화입니다.
사람들은 흔히 양심을 상식적인 차원에서 이야기해 버리지만
양심을 지키기란 도道를 구하는 것만큼이나 어려운 일입니다.
그것은 하늘 앞에 서서 순수하게 자신을 열어 보이는 것이며
자기 자신을 속이지 않는 용기와 진실함이 있어야
가능한 것이기 때문입니다.

며칠째 훈훈한 바람이 불고 있습니다. 성큼성큼 거리를 걷다가도 마음이 설레어 가로수를 올려다보게 됩니다.

'머지 않아 저 나무에도 보얗게 새 움이 터서 거리를 신록으로 물들이리라. 그때는 이 도시도 우울한 하늘을 걷고 생명의 빛으로 출렁이겠구나. 어느 시인은 꽃이 지는 소리에 잠 못 이루었다 하더니, 가고 오는 것에 초연해질 법도 한 나이에 봄기운에 이렇게 취해도 되는 것인가……'

사나흘쯤 전인가 봅니다. 며칠 그렇게 봄바람에 흔들리고 있는데 가깝게 지내는 사람으로부터 전화가 왔습니다.

큰아들이 원하던 대학에 입학하던 날, 처음으로 부자가 마주앉아 대작을 했던 모양입니다. 그런데 따뜻한 술이 석 잔쯤 돌 무렵 아들 녀석이 갑자기 아버지의 눈을 똑바로 쳐다보며 이렇게 묻더랍니다.

"아버지, 어떻게 살아야 진짜 잘사는 겁니까?"

그는 갑자기 말문이 막혀서 혼이 났답니다. 말없이 연거푸 석 잔을 비우고서야 아들에게 잔을 건네며 "네 양심에 부끄럽지 않게 살아라"고 했답니다.

나는 평소에 사람다운 사람, 참 아름다운 사람이 되기 위해서는 다섯 가지 조건을 갖추어야 한다고 생각해 왔습니다. 건강한 사람, 양심 있는 사람, 유능한 사람, 정서적으로 풍요로운 사람, 신령스러운 사람. 앞의 네 가지를 갖추면 흔히 말하는 '교양인' 정도로, 보통 사람으로서는 쓸

만하다는 소리를 들을 것입니다. 신령스러운 사람이란 이 세상에 올 때 누구나 가지고 태어나는 보석, 우리 마음속의 신성神性을 깨달아 그 빛으로 자기 자신을 밝히는 사람을 말합니다.

나는 그 전화를 받고 유쾌해서 껄껄 웃었습니다. "이 사람아. 양심이란 볕 양陽 자, 마음 심心 자가 아닌가. 태양같이 밝은 마음이라는 뜻인데, 세상에 그만한 것이 또 어디 있겠나. 아들에게 최고를 가르쳐 준 것이네."

아무리 정서적으로 풍요롭고 지적으로 충만하고 신령스럽다 해도 양심이 없으면 돌팔이 예술가와 지식을 팔아먹는 사기꾼, 사람들을 미혹하는 사이비 교주가 되기 십상이니 말입니다.

수행에 관심이 있는 사람들 가운데는 조용히 앉아서 선禪에 드는 것만을 좋아하는 이가 많은데, 진정으로 몸과 마음을 밝히고자 하는 사람은 공동의 선善을 추구하는 일을 해야 합니다. 우리는 사회 속에서 구체적인 인간 관계를 통해 완성되어 가는 존재이기 때문입니다. 모든 사람들에게 도움이 되는 큰 목적과 뜻을 향해 나아가다 보면 자연히 양심이 밝아지게 되어 있습니다. 그래서 이왕이면 세상과 사랑하라, 민족과 사랑하고 이 세계와 사랑하고 우주와 사랑하라고 하는 것입니다.

　양심을 가장 크게 좀먹는 것이 바로 자기 정당화입니다. 사람들은 흔히 양심을 '상식적'인 차원에서 이야기해 버리지만 양심을 지키기란 도道를 구하는 것만큼이나 어려운 일입니다. 그것은 하늘 앞에 서서 순수하게 자신을 열어 보이는 것이며 자기 자신을 속이지 않는 용기와 진실함이 있어야 가능한 것이기 때문입니다.

　겨울이 가고 또 이렇게 봄이 오고 있듯이 우주의 법칙은 잔재주를 피우지 않습니다. 순수하고 고지식합니다. 그러므로 하늘은 잔재주를 피우지 않는 사람을 사랑합니다.

　그 동안 사람 사는 세상에서는 이 이치가 제대로 지켜지지 않았으나 이제 시대가 바뀌어 가고 있습니다. 양심 없이 군림하려고만 하는 권력자, 재벌, 지식인을 사람들은 더 이상 존경하지 않습니다.

　능력이 조금 부족해도, 정서가 조금 덜 풍요로워도, 신령스러움이 조금 부족해도 양심만 바르면 하늘이 사랑하고 사람들이 그를 아끼게 될 것입니다.

　국가와 단체와 개인이 양심을 찾는 순간, 공동의 선이 아니라 개인의
이기심을 충족시키는 데 쓰여졌던 지식과 정서와 신령스러움이 아름답
고 조화로운 세계를 만드는 방향으로 쓰여지게 됩니다.

　누구에게나 자오성自悟性이 있습니다. 그 자오성을 믿고 양심을 밝히
면서 살아가면, 밝기야 사람에 따라 조금 차이가 있겠지만 저마다의 색
깔로 빛이 나고 저마다의 향기를 자아내는 참 아름다운 사람들이 될 것
입니다.

희망

한 사람의 영웅이
시대의 희망을 상징하던 시대는 갔습니다.
모든 사람들이 자기의 사상과 철학을 갖고
자기 안의 생명과 창조성과 예술성을
꽃피워 내는 그 자리에
인류의 진정한 희망이 있습니다.

요즘의 우리 사회를 두고 누군가 이런 말을 했던 기억이 납니다.

"전략가는 많은데 참다운 정치가는 없고, 지식인은 많은데 철학자는 없다. 가르치는 교수는 많은데 믿을 수 있는 학자는 없다."

우리 사회에서 정치와 환멸이라는 단어가 동의어처럼 여겨진 지는 너무나 오래되었습니다. '저 운전수가 사고를 낼 게 뻔한데……' 하고 생각하면서도 마지못해 버스에 올라타는 승객. 이것이 바로 우리 사회의 정치가 그려낸 슬픈 초상이 아닌가 합니다.

며칠 전이었습니다.

"선생님, 가장 믿었던 친구가 저를 배신했어요."

6개월 전 친구와 동업해서 벤처기업을 만들겠다며 패기만만해 하던 한 젊은이가 불쑥 찾아 왔습니다.

"더 좋은 조건을 제시하는 선배와 일하겠답니다. 세상에 믿을 놈 하나 없더라구요."

그 젊은이는 낙담해서 새롭게 무엇을 시작해야겠다는 의욕마저도 잃은 듯 했습니다.

나는 그 젊은이에게 "세상에 믿을 놈 하나 없는 게 우리 시대의 희망이고 너의 희망이다."라고 말해 주었습니다.

더 이상 누군가에게 의지하고 기댈 수 없다는 것을 자각할 때 사람들은 비로소 자기 자신에게 눈뜨기 시작합니다. 우리가 살고 있는 시대는 남을 믿고 의지하는 시대가 아닙니다. 자기 힘으로 걸어 가는 시대입니다.

어지러운 세상과 불신만 쌓여 가는 사람들을 탓하면 서 자기 자신까지도 포기하 려 드는 사람이 우리 시대에 가장 불행한 사람입니다. 세 상이 그러할수록 믿을 것은 바로 나 자신밖에 없다는 자 각을 해야 합니다. 그것은 흔 히 오해하듯 이기적인 자각 이 아닙니다. 자기 자신에게 눈뜨지 못한 사람이 사랑과 행복을 이야기하는 것은 오 래 가지 못하며 향기도 나지 않습니다.

그 동안 인류의 역사는 많은 사람들을 구경꾼의 자리에 머물도록 훈 련시켜 왔습니다. 스스로 스타가 되고 자기 삶의 주인이 되도록 하는 교 육을 시키지 않았던 것입니다. 그 결과 가르치는 사람과 배우는 사람, 지배하는 사람과 지배당하는 사람, 신神 따로 인간 따로, 이렇게 영원한

평행선을 그으며 달려왔습니다.

한 사람의 영웅이 시대의 희망을 상징하던 시대는 갔습니다. 모든 사람들이 자기의 사상과 철학을 갖고 자기 안의 생명과 창조성과 예술성을 꽃피워 내는 그 자리에 인류의 진정한 희망이 있습니다.

남이 어떻게 해 주기를 기다리는 삶은 늘 피곤합니다. 자기가 하면 되는 일인데……. 자기 안에, 스스로에게 일어나는 모든 문제를 해결해 나갈 수 있는 힘이 있습니다. 그것이 바로 자아입니다.

자아를 느꼈을 때 늘 무언가에 집착하게 만드는 관념을 바꿀 수 있고, 그 관념을 바꿈으로써 풍요로운 감정, 행복하고 평화로운 마음을 가질 수 있습니다. 그러나 외부에서 자기 감정에 변화를 줄 수 있는 사건이 생기기를 기다리는 것은 너무나 피곤합니다.

그런데 대부분의 사람들이 그것을 기다리고 있습니다. 기다리다 오지 않으니까 그때부터 원망이 생기고 피해의식이 생깁니다. 세상이 미워지는 겁니다.

자기를 기쁘게 해 줄 사건이나 사람이 나타나기를 기다리는 것이 아니라 스스로 기쁨과 행복을 창조하기 위해, 그 창조의 주인공이 되는 '참나'를 찾기 위해 우리는 이 세상에 와 있습니다.

언제까지 조마조마한 마음으로 버스의 뒷자석에 앉아만 있을 것인가? '믿을 놈 하나 없는 세상'이 우리에게 이야기합니다.

"당신 자신을 믿고 운전대를 잡아라. 그때서야 비로소 당신은 세상과 다른 사람들에게서도 희망을 발견할 수 있을 것이다."

사흘 밤낮을 매달려도 좋을 물음

요즘 사람들은 마음공부 좀 하라고 하면
자기 마음 들여다 볼 생각은 않고 책만 읽습니다.
그러나 책에 홀리면 마음자리 보기가 더 어렵습니다.
책에서 구하려 들지 마십시오.
당신 자신에게 물어 보십시오.

우리나라의 큰 선승인 경허 스님과 만공 스님이 탁발을 나와 충청도 어느 산골을 지나던 때의 일입니다. 스승인 경허 스님은 구척 장신에 기골이 장대한 분이었습니다. 무거운 바랑을 짊어지고도 휘적휘적 걸어가는 그 뒤를 제자인 만공 스님은 숨이 턱에 차서 겨우 뒤따르던 참이었습니다. 산골짝으로는 해가 뉘엿뉘엿 지는데 초주검이 된 만공 스님이 드디어 스승에게 통사정을 했습니다.

"아이고, 스승님은 바랑에 가득 찬 곡식이 무겁지도 않으십니까? 잠시만 쉬었다 가시지요."

해가 떨어지기 전에 절에 당도하려면 부지런히 가야 할 터인데 하루 종일 길을 걸은 만공 스님은 그 자리에 털썩 주저앉아 일어날 줄을 몰랐습니다. 경허 스님은 그런 만공 스님을 가만히 보더니 이렇게 말했습니다.

"저기 보이는 마을 앞 우물까지만 가면 내 힘들지 않게 해줄 것이니, 따라 오너라."

그리고는 경허 스님은 다시 걸음을 재촉해 저만치 앞서 갔습니다. 만공 스님은 스승의 말에 잔뜩 기대를 걸고 부지런히 그 뒤를 따라갔습니다. 그때 마침 마을 앞 우물에서 젊은 시골 아낙네가 머리에 물동이를 이고 걸어오고 있었습니다. 경허 스님은 아낙을 보더니 문득 걸음을 멈추었습니다.

"잠깐 실례 좀 하겠습니다."

하고 말이 끝나기가 무섭게 경허 스님은 다짜고짜 아낙의 얼굴을 감싸쥐고 입을 맞추었습니다. 아낙은 비명을 지르고, 물동이는 땅에 떨어져 박살이 나고, 마을에서는 난데없는 소동이 벌어졌습니다. 바닥에 주저앉아 울고 있는 아낙을 뒤로하고 경허 스님은 냅다 줄행랑을 쳤습니다. 우물 근처 들판에서 일하다가 이 광경을 본 동네 장정들은 손에 낫이며 곡괭이를 든 채 몰려오기 시작했습니다.

만공 스님 또한 사태를 보아하니 붙잡히면 그 자리에서 살아남기 힘들겠구나 싶어 스승을 따라 죽어라 뛰기 시작했습니다. 등에 한 짐을 지고도 산 고개를 넘을 때까지 뒤도 안 돌아보고 달려온 만공 스님은 뒤따라 오던 사람들이 보이지 않자 그만 맥이 탁 풀려 그 자리에 주저앉았습니다. 그런데 저만치 앞에서 경허 스님이 그런 만공 스님을 내려다보면서 웃고 있는 것이 아닙니까?

만공 스님이 기가 막혀서 "아니, 세상에 어떻게 그러실 수가 있습니까?"하고 물었습니다. 그러자 경허 스님은 "만공아, 지금도 다리가 아프냐?"하시는 겁니다. 그리고는 껄걸 웃으며 또 이렇게 물었습니다.

"죽기살기로 도망쳐 올 때도 등에 진 바랑이 그렇게 무겁더냐?"

그때 만공 스님은 비로소 스승의 뜻을 알고 크게 깨우쳤습니다.

경허 스님은 제자에게 마음의 힘이 무엇인가를 그렇게 일러 주었던 것입니다.

세상일이 다 그와 같습니다. '나는 몸이 아프다, 병이 들었다…….' 어찌 생각하면 그 모든 것은 다 꾀병인지도 모릅니다. 마음이 병든 몸에 집착하니 아플 수밖에요.

몸이 아니라, 나이도 없고 남녀도 없고 선악도 없는 허공에 마음을 두면 그때서야 비로소 자유로워질 것입니다. 허공은 늘 우리들 몸을 들락거리며 우리와 우주를 연결하고 있지만 그것을 인식하고 살아가는 사람은 그다지 많지 않습니다.

허공과 기의 부딪힘, 허공과 몸의 부딪힘, 몸과 몸의 부딪힘, 기와 기의 부딪힘, 관념과 관념의 부딪힘……. 삶은 바로 그런 부딪힘의 연속, 그 이상도 이하도 아닙니다.

가끔은 자신의 목소리를 하늘의 목소리라 생각하고 마음속으로 자신의 이름을 크게 불러 보십시오. 다른 사람들의 눈치를 볼 필요 없는 숲 속 같은 데라면 큰소리로 불러도 좋을 것입니다. 그리고 스스로에게 물어 보십시오. '내 이름 석자는 어디에 매여 있는 것이냐?' 당신은 책에서 읽은 대로, 누구한테 들은 대로 이렇게 쉽게 대답해 버릴지도 모릅니다. '이름이란 내 몸에 매여 있는 상표와 같은 것이지.'

그러나 멈추지 말고 계속 물어 보십시오. '나는 무엇 때문에 이 몸을 가지고 있는 것이냐?' '육십 년이든 백 년이든 한 번 쓰고 버리는 일회용 배터리와도 같은 이 몸을 도대체 어디에 쓸 것이냐?'

누군가 그랬습니다. 한 번 사람의 몸으로 태어났으면 적어도 사흘 밤낮을 하늘에 매달려 묻고 또 물어야 하는 질문이 바로 그것이라고.

옛날에는 많은 사람들이 그 대답을 얻기 위해 산 속으로 스승을 찾아가기도 했습니다. 그러나 스승을 만나도 법을 담을 수 있는 그릇(법기法器)이 없으면 그것도 말짱 헛일이었습니다. 깨진 밥그릇를 들고 가거나 아예 밥그릇도 안 들고 찾아가서 밥을 달라고 조르니 배가 부를 리 없었던 것입니다.

요즘 사람들은 마음공부 좀 하라고 하면 자기 마음 들여다볼 생각은 않고 책만 읽습니다. 그러나 책에 홀리면 마음자리 보기가 더 어렵습

니다. 책에서 구하려 들지 마십시오. 그대 자신에게 물어 보십시오.

"내 몸을 어이할까, 내 몸을 어이할까, 내 몸은 무엇을 위해 존재하는가?"

그렇게 묻고 또 묻는 것입니다.

사람에게는 세 가지의 좋은 심정이 있다고 합니다. 효심과 충심, 그리고 구도심이 그것입니다. 사람이라면 모름지기 그 세 가지 그릇을 가지고 있어야 하는데 그 중에서도 효심은 가장 기본이 되는 것입니다. 그러나 효심만으로는 사람 구실을 제대로 하기가 어렵습니다. 어떤 단체나 조직에 소속되어 있는 사람이라면 마땅히 충심이 있어야 합니다. 충심은 가운데 중자와 마음 심자를 합하여 쓰니 곧 마음의 중심을 지키는 것, 한 번 정했으면 흔들리지 않는 마음가짐을 말합니다. 그러나 구도심 이상의 심정은 없습니다. 이렇게 말하면 사람들은 적잖이 황당해 합니다. '구도심? 거창하구만. 도 닦고 살기가 그리 쉬운가?' 그러나 그렇게 말하는 당신에게도 구도심은 있습니다.

사람들은 누구나 겉으로 드러나는 외부 의식과 잠재된 내부 의식 그 두 가지를 함께 가지고 있습니다. 외부 의식은 내부 의식의 표현이라고 말합니다.

우리들은 어렸을 때부터 교과서를 통해 자아 완성이 삶의 궁극적인 목적이라고 배웠습니다. 그러나 그 말을 들으면 대부분의 사람들은 감동하기보다는 속으로 콧방귀부터 뀝니다. 그것이 좋은 줄 모르는 것은 아니나 지금까지 살면서 보고 들은 관념이 그 목적을 시큰둥하게 여기도록 만든 것입니다.

'내 마음 나도 몰라.' 그 말만 되풀이하다가 이 세상을 떠나는 사람이 부지기수입니다. 얼마나 안타까운 일입니까? 진정으로 고민하고 고민할 때 내부 의식은 문을 열고 자신의 참 모습을 보여 줍니다. 그 전에는 자기 자신조차도 자기 마음을 알기 어렵습니다. 다른 사람은 더더욱 알 길이 없습니다. 사람들은 내부 의식을 드러내는 것을 끔찍히도 싫어해서 함부로 건드렸다가는 인간 관계에 금이 가기 십상입니다.

용기를 갖고 그대 자신 속으로 한번 뛰어들어 보십시오. 자신의 내부 의식 깊숙이 들어갈 수 있는 가장 좋은 방법은 기도와 명상입니다. 사람들은 경쟁심과 이기심 때문에 서로를 믿지 못하고 자기를 감추지만 하늘 앞에서, 허공 앞에서는 감출 필요가 없으니까요. 그럼 기도와 명상은 어떻게 하는가? 처음으로 다시 돌아가서 죽자사자 끊임없이 물으십시오.

'내 몸을 어이할까? 내 몸을 어이할까? 나는 무엇 때문에 이 몸을 가지고 있는 것이냐?' 답을 몰라서 물으라는 것이 아닙니다. 그 답을 머리가 아닌, 당신 가슴에서 우러나는 것으로 하기 위해서 물으라는 것입니다.

흐르는 강물처럼

집착한다는 것,
그것은 우주의 이치에 어긋나기 때문에
집착하면 집착하는 만큼 힘이 듭니다.
원래 성숙한 사람은 무엇이든지
애써 붙잡으려 하지 않습니다.
흘러가는 대로 그냥 두는 것입니다.
우리도 자신의 길에서
책임을 다했으면 더 이상 집착하지 말고
이 넓은 우주를 향해 쉼없이 나아가야 합니다.

강물이 흐르고 있습니다. 고요히 흐르고 흐르다 저만치서 바위를 만나 굽이치며 '철썩' 소리를 냅니다. 그리고 또 흘러갑니다.

강물을 따라 걸으며 생각해 봅니다. 이만치서 변화 없이 고요히 흐르는 강물, 저만치서 굽이치는 물줄기······. 고요한 강물이 무사 안일하게 살아가는 삶의 대표적인 모습이라면 굽이치는 물줄기는 항상 희망을 갖고 도전하는 삶의 모습일 터입니다.

살다 보면 누구나 다 장애물을 만나게 되나 그것을 넘어설 때는 말할 수 없는 기쁨이 따라옵니다. 살면서 장애물이 없기를 바라지 말아야 합니다.

대개 사람들은 두 갈래의 길이 나오면 쉽게 무사 안일한 쪽을 선택합니다. 그러나 그 삶은 변화가 없습니다. 자기 자신의 삶은 물론이고 옆에 있는 사람의 삶까지도. 저기서 돌며 굽이치는 물줄기처럼 소리를 내면서, 아름다운 소리를 내면서 살아가 보십시오.

길을 가다가 넘어지는 것은 결코 부끄러운 일이 아닙니다. 넘어지고 나서 다시 일어나지 못하는 것이 진정 부끄러울 뿐입니다.

누구나 넘어지기 마련이지만 넘어져도 벌떡 일어나서 뛰어가는 사람이 있고 계속 주저앉아서 울기만 하는 사람이 있습니다. 흐르는 저 강물은 언제나 다시 일어나 제 갈 길을 갑니다. 바위를 만나면 부서졌다가도 다시 돌고 돌아서 바다로 흘러 들어가는 것입니다.

강가에 서거든 눈을 감고 온몸으로 흐르는 물의 에너지를 받아들여

보십시오. 그 물소리를 세포 깊숙이 스며들게 하여 잠자고 있던 나를 일
깨우고 부정적인 생각들을 씻어 버리는 것입니다. 도전하고 부딪치며
비전을 갖고 살아갈 때 그 삶은 빛나게 됩니다.

　고요한 수면 위에 가을 숲이 아름다운 그림자를 드리우고 있습니다.
우리는 용기와 자신삼을 가지고 도전하는 삶을 살아야 할 뿐만 아니라

55

때로 저 물처럼 고요하게 되어야 합니다.

고요한 상태가 되지 않으면 자기 내면의 쓰레기가 보이지 않습니다. 사람이 이기심에 빠져 있거나 감정과 번뇌 속에 있을 때, 무언가에 집착하고 있을 때는 자기 자신의 모습이 잘 보이지 않는 법입니다.

왜 명상을 하는가? 고요하게 있으면 자신의 진짜 모습이 비치기 때문입니다. 잡념이 걷힌 의식의 수면 위로 자신의 아집과 감정과 욕망이 그 모습을 드러냅니다.

대개 보면 농부와 같이 자신의 몸을 써서 일하며 살아가는 사람들이 양심적입니다. 말을 많이 하는 사람들은 자기 자신을 정확하게 보기가 어렵습니다. 조용히 묵상하고 기도하고 자기가 맡은 바 일을 열심히 하는 사람은 대부분 양심적입니다. 그 사람은 자기를 볼 수 있는 시간이 많기 때문입니다. 그래서 옛 어른들은 마음 공부를 하고자 하면 늘 묵언하심默言下心하라고 일렀던 것입니다.

일을 할 때는 굽이치며 강하게 흐르는 저 물줄기처럼 그렇게 하고, 마음공부를 할 때는 변함없이 고요히 흐르는 저 강물처럼 그렇게 자신의 상태를 바라보십시오. 그 고요 속에서 마음속에 가라앉아 있는 쓰레기를 건지는 것입니다.

그런 과정없이 무작정 일만 열심히 한다고 해서 다 이루어지는 것이 아닙니다. 그럴 때 자기 자신에게 도취되어 결국 자기도 못 보고 남도 잘 보지 못하는 경우가 생깁니다.

빨래할 때 빨래 방망이로 두드리고 물에 여러 번 헹구는 과정도 필요하지만 물에 불리는 과정도 거치는 법입니다. 물에 담가 충분히 불려야만 때가 잘 빠지기 때문이지요.

명상은 바로 그와 같은 것입니다. 그래서 깊은 명상에 들면 자기 마음의 때가 보여 참회의 눈물을 흘리기도 하는 것입니다.

물은 쉽게 자신의 존재를 버리면서도 그 역할을 다합니다. 건물을 지을 때 물은 모래와 자갈을 뭉쳐 단단한 벽돌을 만들지만 자신은 이내 그 모습을 감춥니다. 만약 물이 계속 그 자리에 머물겠다고 고집한다면 건물은 무너져 버리고 말 것입니다.

집착한다는 것, 그것은 우주의 이치에 어긋나기 때문에 집착하면 집착하는 만큼 힘이 듭니다. 원래 성숙한 사람은 무엇이든지 애써 붙잡으려 하지 않습니다. 흘러가는 대로 그냥 두는 것입니다. 우리도 자신의 길에서 책임을 다했으면 더 이상 집착하지 말고 이 넓은 우주를 향해 쉼 없이 나아가야 합니다.

성숙한 사람은 조화를 잘 이루어 내는 사람입니다. 조화는 인간 관계에서 피어나는 가장 아름다운 꽃입니다. 가까운 부부 관계, 형제 관계가 원만하지 못한 까닭은 사람들이 자기 기준과 욕심을 내세워 서로 기를 쓰고 이기려 하기 때문이지요. 그러나 진짜 고수는 목전에서 그런 기준을 갖고 싸우지 않습니다.

어느 스님이 절에서 내려오다가 소에 쌀을 싣고 올라오는 한 노인을 만났습니다. 어디를 가느냐고 물었더니 얼마 전에 며느리를 맞았는데 너무 표독스러워 집안이 망하기 직전이라 부처님께 며느리 마음을 바꾸어 달라고 불공 드리러 가는 길이라는 것입니다.

가만히 노인의 이야기를 다 듣고 난 스님은 이렇게 말했습니다.

"그렇게 힘들게 불공을 드릴 필요가 뭐 있소? 부처님은 안 계신 곳이 없으니 당신 며느리 속에도 계실 것이오. 그 쌀로 며느리가 좋아하는 떡을 하고 좋은 옷이나 한 벌 지어 주오. 그리고 며느리 앞에서 삼배를 하시오."

노인은 그 말을 듣고 깨우친 바가 있어 곧장 집으로 가 스님이 시킨 대로 며느리 앞에 삼 배를 하고 무릎을 꿇었습니다.

"내가 잘못했다. 네가 얼마나 귀한 사람인데……. 너는 우리 집안의 행복을 쥐고 있는 사람이니 부디 우리 집안에 웃음이 넘치게 해다오."

노인이 며느리에게 드린 불공은 결국 성공했답니다. 그렇게 시아버지와 며느리가 서로 붙들고 한참을 울었다고 합니다.

얼마 전에 집안에 큰 일이 있어 일가 친척이 한 자리에 모였는데 어린 조카들이 노는 것을 지켜보다가 문득 깨달은 바가 있었습니다. 조카 중의 한 녀석은 형들의 장난감을 자기 것처럼 갖고 노는데 또 다른 녀석은 그 장난감 때문에 종일 울기만 하는 것입니다. 보니까 우는 녀석은 형이 좋은 물건을 가지고 있으면 그 물건에 온통 마음을 빼앗겨서 움켜쥐고 놓지를 않는 것이었습니다. 그러면 형은 장난감을 주기는커녕 자기 것을 빼앗길까봐 같이 움켜쥐고 실랑이를 벌이다가 분을 못 참아 동생을 한 대 쥐어박는 것입니다.

잘 노는 녀석은 자기가 마음에 드는 장난감이 있으면 장난감에는 전혀 손을 대지 않고 형한테 가만히 다가가서 어깨를 기대고 씩 웃으며 "형, 나 이거 갖고 놀아도 돼?" 하고 묻습니다. 그러면 형은 자기 장난감을 빼앗기지 않으리라는 것을 잘 알기 때문에 흔쾌히 장난감을 건네줍니다. 어린 조카 녀석은 물리도록 실컷 놀다가 다시 웃으며 형한테 장난감을 돌려 줍니다.

세상에는 내 어린 조카처럼 쉽게, 그리고 성숙하게 사는 사람이 있습니다. 조카가 형들의 장난감을 아무 거리낌없이 가지고 놀듯이 그에게는 세상이 온통 자기 것입니다. 집착하지 않기 때문이지요. 그러나 우리 곁에는 자기 물건을 가지고도 욕을 먹는 사람이 훨씬 더 많습니다. 집착으로 인해 사랑을 할 줄도, 받을 줄도 모르기 때문입니다. 마음에 여유가 없으면 우리 사회에서 십중팔구는 그렇게 되기 마련입니다.

우리가 명상을 하고 마음공부를 하는 것은 과거를 위해서도, 미래를 위해서도 아닙니다. 오직 현실을 위해서, 현실의 인간 관계를 잘하기 위해서입니다. 흐르는 물처럼 집착하지 말고 여유를 가지고 주위의 사람들과 자신의 일 속에서 늘 기뻐하고 사랑하며 살도록 합시다.

강물을 따라가며 흐르는 물소리를 몸과 마음에 녹음해 봅니다. 순간순간 무언가에 집착하고 있다고 느껴질 때마다 망설임없이 그 재생 버튼을 누를 것입니다.

정성이 깃든 삶

정성을 모르는 삶은 황폐해지기 쉽습니다.
정성은 원래 높고 맑고 넓은 곳을 향해, 신성한 곳을 향해,
그리고 중심과 뿌리를 향해 들이는 것입니다.
그렇기 때문에 정성이란 지금 자기가 서 있는 사리보다
더 밝아지고 더 높아지고 더 성장하기 위한 마음가짐입니다.

고향은 역시 고향인가 봅니다. 낯익은 언덕바지며 밭이랑, 해묵은 감나무, 멀리서 걸음걸이만 보고도 "대추나무집 큰아들 아니여?" 하며 달려와 손을 덥석 잡는 어른들을 또 어디서 만날 수 있겠습니까?

성묘를 마친 날 저녁에 고향 마을의 아름드리 느티나무 아래서는 작은 이야기판이 벌어졌습니다. 그 자리에서 나는 마을 어른들께 대표로 꾸지람을 들어야 했습니다.

"듣자 허니 서울 사람들은 벌초도 풀 베는 기계로 한담서? 그게 참말인가?"

"예. 요즘 사람들은 간편한 것을 좋아하고 또 다들 바빠서요."

"아무리 바빠도 그렇지. 조상을 그렇게 모시면 벌 받어."

"말 말어, 이 사람아. 아랫마을 이장댁 아들은 추석 때 코빼기도 안 비친다잖어. 길 막혀서 오기 힘들다고 마누라랑 애들이랑 서울서 가까운 데로 놀러 갔다더구먼."

"다 자기들 손해여. 정성 안 들여도 잘살 수 있을 만큼 세상이 호락호락한 것이 아니여."

꾸지람에서 하소연으로 변해 가는 어른들의 말씀을 들으면서 정성에
대해 생각해 보지 않을 수 없었습니다.

명절이면 다들 성묘를 가고 차례를 지내면서도 제사의 참 의미를 알
고 있는 사람은 드문 것 같습니다. 제사에는 몸에 하는 제사와 땅에 하
는 제사, 그리고 하늘에 하는 제사가 있습니다.

우리의 몸은 하늘의 기운과 땅의 기운이 머물다 가는 곳이기 때문에
숨을 쉬고 잠을 자고 음식을 먹고 옷을 입어 건강과 생명을 도모하는 모
든 일이 다 제사가 됩니다.

두 번째 제사는 땅에, 바로 우리를 낳아 주신 조상님들께 드리는 제사
입니다. 조상을 바르게 모심으로써 우리의 근원을 되돌아보고 그 근본
자리를 잊지 않기 위함입니다. 요즘은 이런 제사의 풍습이 많이 사라졌
고 또 변질되었습니다. 그러다 보니 마음이 담긴 진정한 효를 찾아보기
가 어렵습니다.

세 번째 제사는 하늘에 드리는 것입니다. 이 제사는 생명의 순환을 위
한 엄숙한 행사입니다. 어떤 사람들은 이를 우상 숭배라며 비웃기도 하
지만 개인적인 이기심을 앞세워 복이나 빌려고 한다면 우상 숭배에 불
과하겠지만 우리의 의식을 무한한 근원에 연결시키려는 노력이라면 그
것은 하나의 수도요, 순결한 기도입니다.

우리 몸과 땅과 하늘에 제사를 지내는 과정에서 무엇보다 중요한 것은 마음에서 우러나오는 정성입니다.

사람이 가지고 있는 좋은 성품 중의 하나가 바로 정성입니다. 우리 민족의 3대 경전 중의 하나인 『참전계경參佺戒經』은 정성을 매우 중요하게 여겨 여러 차례 언급하고 있는데 그 중 몇 가지를 옮겨 봅니다.

정성이란 마음 깊은 곳에서 우러나오는 것으로서 자신의 참 본성을 지키는 것이다. (제2조 성장誠章)

정성이란 도道를 이루는 전부이고 일을 성사시키는 가장 큰 근원이다. 늘 잊지 않고 품어 온 정성이라야 참된 정성이며, 한 번도 어기지 않고 행함은 그 다음이다. (제23조 불망不忘)

지극한 정성을 가지고 계속하는 것과 쉼이 없이 그저 계속하는 것은 서로 다르다. 그것은 도력이 힘껏 모아지는 것과 사람의 욕심이 일어났다 사라지는 것의 차이이니, 비록 처음에는 티끌만한 차이지만 나중에는 하늘과 땅의 차이로 벌어진다. (제30조 불식不息)

처음에 바라는 바가 있어 정성을 들이기 시작했어도 정성이 지극하여 점점 깊은 경지에 들어가면 처음에 바라던 바는 점점 작아지고 정성만

더욱 커진다. 그러다 더욱 깊은 경지에 들어가면 바라는 바는 사라지고 오직 정성을 다하고자 하는 일만이 남는다.　　　　　(제34조 실시失始)

정성이 지극할 때 사람이 하늘과 통하고 하늘이 사람과 통한다. 사람이 느낄 만한 정성이 없으면서 어찌 하늘이 느끼길 바라며, 사람이 능히 답할 만한 정성이 없으면서도 어찌 하늘이 답하길 바라겠는가? 정성이 지극함이 없으면 이는 정성이 없는 것과 같으며, 느껴도 답함이 없으면 느끼지 않는 것과 다를 바 없다.　　　　　(제38조 지감至感)

하늘이 근심과 어려움을 줄 때 달게 받아 정성을 버리지 않으며, 하늘이 길하고 상서로운 것을 줄 때 도리어 두려워하고 정성을 게을리 하지 않아야 한다. 근심과 어려움이 돌아오는 것은 정성이 없기 때문이요, 길함과 상서로움이 따르는 것은 정성을 다함에 어긋나지 않았기 때문이다.　　　　　(제40조 응천應天)

작은 정성은 하늘을 의심하고 보통 정성은 하늘을 믿으며 지극한 정성은 하늘을 믿고 의지한다. 지극한 정성으로 세상을 살아가면 하늘이 반드시 감싸고 도와 스스로 의지할 수 있게 되지만, 무릇 남다르게 위험한 것을 행하고 괴이한 것을 찾는다면 지극한 정성인들 쓸모가 없다.
　　　　　(제46조 시천恃天)

이런 말씀들을 접하면 정성을 빼놓고 인생에 관해 진지한 이야기를 나누는 것은 불가능하다는 생각이 절로 듭니다.

정성을 모르는 삶은 황폐해지기 쉽습니다. 정성은 원래 높고 맑고 넓은 곳을 향해, 신성한 곳을 향해, 그리고 중심과 뿌리를 향해 들이는 것입니다. 더러운 곳을 향해서 정성을 들이는 사람은 없습니다.

그렇기 때문에 정성이란 지금 자기가 서 있는 자리보다 더 밝아지고 더 넓어지고 더 높아지고 성장하기 위한 마음가짐입니다.

항상 정성어린 마음으로 살아가는 사람의 가슴속에는 희망이 사라지는 법이 없지만 정성을 잃어버린 사람은 늘 어둡습니다. 정성이 사라졌을 때 우리는 나태해지고 불평 불만에 빠집니다.

정성은 좋은 습관입니다. 정성은 배워서 되는 것이 아니고 지식으로 되는 것도 아닙니다. 머리로는 정성스러워야 한다는 사실을 모르는 사람은 없습니다. 다만 몸에 배인 습관처럼 정성을 실천하고 사느냐, 아니냐가 다를 뿐입니다.

정성이 습관인 것처럼 행복도 습관이고 불행도 습관입니다. 가슴속에 항상 정성이 살아 있는 사람은 누가 뭐라고 하든, 마음 밖에서 어떤 일이 벌어지든 언제나 감사와 행복을 느끼며 살아갑니다. 불행을 습관으로 가진 사람은 외적인 조건이나 환경에 관계없이 항상 피해의식과 이기심과 자만심을 갖게 되어 스스로 불행해집니다.

어떻게 어떻게 하면 행복하다는 것은 착각입니다. 무엇 무엇 때문에 불행하다는 것도 착각입니다. 자기 안에 충분한 행복이 있기 때문에 그것을 꺼내어 쓰면 됩니다. 결국 자기 자신을 원하는 대로 쓰면 되는 것입니다. 행복도 조건이 없고 불행도 조건이 없는 것입니다.

정성이 없으면 사람이 경박스러워집니다. 또 감사한 줄 모릅니다. 정성이 사라지다 보면 자꾸 분별심이 생겨 너와 나, 네 것과 내 것을 구별하게 됩니다.

정성스러운 마음을 갖게 되면 모든 대상이 다 하느님이고 모든 대상이 다 부처님이고 모든 대상이 전부 '참나'가 아닌 것이 없습니다. 이런 정성 속에서는 모든 것이 하나로 녹아들어 무한한 사랑으로 피어납니다. 또 정성스러운 마음이 있는 사람은 절대 게으를 수가 없습니다.

많은 사람들이 정성들이기를 어려워하는데 그것은 지금 이 순간에 백 퍼센트 집중하여 살고 있지 않기 때문입니다. 정성은 바로 지금 들이는 것이며 지금 살아 있다는 증거입니다. 지금 이 순간에 살아 있지 않으면 마음은 미래에 대한 걱정과 과거에 대한 집착들 사이에서 정처없이 방황하게 되고 정성이 들어설 자리가 당연히 사라지게 됩니다.

들꽃이 피었다 지고, 벼가 익어가고, 나무들이 열매를 맺고, 가을이 깊어가고 있습니다. 꽃과 풀과 새와 나무들이 땅과 하늘에 순응하여 또 한 철의 결실을 맺는 동안 '아, 나는 얼마나 내 삶에 충실했던가, 내 삶에 정성을 들이고 살았던가?' 자꾸 되물어 보게 됩니다.

혼의 기쁨

천지는 순수한 혼의 갈망에만 응답합니다.
측은지심을 품으면 처음에는 사람이 불쌍하게 느껴지지만
혼이 점점 더 커지면서 사람이 아니라 세상이 불쌍해집니다.
이러한 측은지심이 생겼을 때 천지가 감동합니다.

왜 기쁨은 영원하지 못하며 모두 함께 나누기가 어려운가? 그리고 이 내 가슴이 허전해져 버리는가? 누구나 기쁨 뒤에 찾아오는 허망함에 씁쓸해 하면서도 그 이유를 묻는 사람은 드뭅니다.

소유욕이나 명예욕, 이기심에서 나오는 기쁨에는 한계가 있다는 것을 모르는 사람은 없습니다. 그런 기쁨은 얻는 사람이 있으면 동시에 잃는 사람이 생깁니다. 그동안 많은 사람들이 추구했던 기쁨은 다 같이 누릴 수 있는 기쁨이 아니라 다른 사람의 슬픔과 절망 위에서 빛나는 상대적인 기쁨이었습니다.

이렇게 말하면 사람들은 금세 볼멘소리를 해댑니다. '세상이 다 그런 것 아니냐. 지는 사람이 있어야 이기는 사람이 있고 못사는 사람이 있어야 잘사는 사람도 있고……' 우리는 쉽게 이런 체념에 익숙해지고 그렇게밖에 살 수 없다고 생각합니다.

그러나 욕망에서 얻어지는 기쁨과 슬픔이 있는가 하면 우리 안의 순수한 의식(혼魂)에서 얻어지는 기쁨과 슬픔도 있습니다.

사람들은 누구나 순수한 마음을 가지고 있습니다. 우리 가슴 안에 혼이 있기 때문입니다. 다만 혼을 단련하지 않았기 때문에 혼이 기뻐할 수 있는 기회가 많지 않을 뿐입니다.

살다 보면 누구나 가슴속에서부터 선한 마음이 일어날 때가 있습니다. 거리를 걷다가 우연히 불쌍한 사람을 보았을 때 자기두 모르게 측은한 마음이 생깁니다. 그것을 측은지심惻隱之心이라고 하는데 생전 처음

보는 사람이고 자신과는 아무런 연고도 없는데 도와 주고자 하는 마음이 생기는 것입니다.

그런 선한 마음을 행동으로 옮겼을 때 가슴속에서부터 우러나오는 큰 평화를 느끼게 됩니다. 그것을 환희심이라고 합니다. 아무런 보상도 없지만 선한 행동을 한 즉시 큰 기쁨이 가슴속에서부터 솟아나는 것입니다. 그런 혼의 기쁨은 남에게 자랑해서 보상받으려고 하면 그 자리에서 눈 녹듯이 사라져 버립니다.

혼의 성장을 위해 사는 사람은 남의 눈치를 볼 일이 줄어듭니다. 혼의 기쁨은 절대적인 것이어서 남하고 비교할 필요가 없기 때문입니다.

가슴에 혼이 제대로 자리를 잡은 사람은 누가 뭐라고 하든지 절대적인 평화와 기쁨 속에 살아갑니다. 그렇게 당당하게 살다 보면 마음이 항상 열려 있게 되고, 초조하거나 불안한 일도 사라집니다.

또 항상 편안한 마음으로 생활하다 보면 많은 사람들이 주위에 모여듭니다. 그들과의 만남이 좋은 정보를 교류하게 해주기 때문에 그 사람의 삶은 자연히 좋아지게 되어 있습니다.

사람들은 누구나 주위에 평화로움을 유지하는 사람이 있으면 그 사람 곁으로 가고 싶어합니다. 그 사람과 있으면 자신의 마음도 편안해지고 정신적으로 고양되는 느낌이 들기 때문입니다. 그런 편안함은 경전을 외워서 되는 것도 아니고 지식으로 되는 것도 아닙니다. 오직 혼이 살아 있을 때에만 그런 편안함이 나오는 것입니다.

우리가 근본적으로 추구해야 할 문화는 욕망의 문화가 아니라 혼의 문화입니다. 혼의 문화는 이론만으로 되지 않습니다. 가슴과 머리가 하나로 연결될 때라야 혼이 제자리로 돌아와 우리의 감정을 조절할 수 있게 됩니다.

단전호흡을 수십 년 해도 혼이 살아나지 않으면 소용이 없습니다. 마음대로 기를 받아들이고 뿜어내고, 특별한 치유능력이 생긴다고 해도 혼이 가슴에 자리잡지 않으면 말짱 헛공부하는 것입니다.

욕망의 문화 속에서 사는 사람은 에너지 낭비가 많기 때문에 많이 먹어야 하고 많이 소모해야 합니다. 그러나 혼의 의식 속에서 살다 보면

에너지 소모가 반으로 줄게 됩니다. 자기를 남한테 내세울 필요도 없고 싸울 필요도 없고 비교할 필요도 없기 때문입니다.

혼을 중심으로 하지 않는 욕망의 생활 속에서 인류 평화는 있을 수 없습니다. 욕망의 기쁨 뒤에는 항상 슬픔이 그림자처럼 따라다니며, 슬픔을 느끼는 사람들은 기쁨을 느끼는 사람들을 증오하게 되어 있습니다. 그러다 보면 사람들은 끼리끼리 모이게 됩니다. 강하고 영리한 사람들은 그들끼리, 증오하는 사람들은 또 그들끼리. 아무리 좋은 제도를 마련한다고 해도 사람들의 의식이 욕망의 편에 서 있는 한, 평화는 환상에 불과합니다.

특별하게 도를 통하고 깨달아야만 혼의 생활을 할 수 있는 것은 아닙니다. 누구에게나 다 혼의 기쁨을 맛보고 싶어하는 갈망이 있는데 그것을 성장시킬 수 있는 분위기가 마련되지 않았을 뿐입니다.

세상이 험악하다 보니 혼을 키운다든지 착하게 사는 사람은 바보 취급을 당하게 됩니다. 그러다 보면 선하게 살고자 했던 사람들도 피해의식에 빠져 아예 선한 생활을 포기하고 적당히 약은 사람들을 흉내내게 됩니다. 그렇기 때문에 혼의 성장을 바라는 사람들끼리는 자주 만나서 서로에게 기쁨을 주어야 합니다. 그런 뜻을 가진 사람들끼리는 눈길만 마주쳐도 서로의 혼이 살아나게 되어 있습니다.

혼에서 나오는 슬픔인 측은지심은 하늘과 땅의 기운을 바꿀 만한 힘이 있습니다. 예를 들어 가뭄 때문에 농사를 못 지을 정도로 메말라가는 땅을 보면서 누군가의 가슴에 깊은 측은지심이 생긴다고 합시다. 측은지심이 골수에 사무치면 서기瑞氣가 그 사람의 정수리를 뚫고 올라가 하늘을 비춥니다. 측은지심이 하늘을 감동시켜 비가 내리기도 합니다. 단순한 동점심이 아니라 정말로 순수한 의식에서 나오는 혼의 측은지심이라야 가능한 일입니다.

천지는 순수한 혼의 갈망에만 응답합니다. 측은지심을 품으면 처음에는 사람이 불쌍하게 느껴지지만 혼이 점점 더 커지면서 사람이 아니라 세상이 불쌍하게 느껴집니다. 이러한 측은지심이 생겼을 때 천지가 감동합니다. 천지를 감동시킬 수 있는 힘은 오직 혼에서만 나옵니다. 혼의 뿌리는 우주의 본성이기 때문입니다.

소유욕이나 이기심, 성욕, 명예욕에서도 에너지가 나옵니다. 그러나 그 에너지로는 세상을 바꿀 수가 없습니다. 자기 만족에 그칠 뿐입니다.

혼이 정말 성장했는지 아닌지는 죽음의 순간에 금방 판가름납니다. 인간의 욕망과 감정은 생사 문제에 가장 민감합니다. 혼이 성장하지 않은 사람은 죽음의 순간이 두렵고 고통스럽지만 혼이 살아 있는 사람은 편안합니다. 육체를 떠나서 자신이 갈 곳이 어디인지를 너무나 잘 알고 있기 때문입니다.

혼을 살릴 수 있는 가장 좋은 길은 하루에 한 가지씩이라도 혼이 기뻐할 수 있는 선한 일을 하는 것입니다. 그렇게 하다 보면 가슴속에 모든 생명에 대한 측은지심과 사랑이 생기게 됩니다.

혼의 기쁨을 느끼려면 욕망의 기쁨에 스스로를 묶어 두려는 습관이나 생각, 관념을 원수같이 생각해야 합니다. 그런 욕망에 묶여 있으면 정말로 불행해진다는 것을 뼛속 깊이 자각해야 변할 수 있습니다.

그러나 대부분의 사람들은 변하고 싶다고 하면서도 은근히 그런 습관이나 생각을 즐기려고 합니다. 늘 아프다고 찡그리면서도 그 상태를 즐기려는 사람이 있습니다. 왜냐하면 그래야만 주위 사람들이 자기한테 신경을 써 준다고 생각하기 때문입니다. 마치 부모의 관심을 끌려고 반찬 투정하고 사고치는 아이들처럼 말입니다. 그러나 벗어나려고만 해서는 안 되고 자기가 원하는 상태를 간절히 그려야 됩니다. 정말 혼이 성장하고 혼의 기쁨을 느끼고자 한다면 그 상태를 간절히 바라고 기원해야 합니다. 그렇게 혼의 성장을 바라는 사람들이 늘어갈 때 세상에는 진정한 평화의 꽃이 피어날 것입니다.

말 한 마디의 힘

매일 아침 눈을 뜨면서부터 당신을 칭찬하기 시작하여
24시간 내내 당신을 칭찬하십시오.
당신의 모든 장점을 찾아내어 칭찬하고
자신의 무한한 가능성을 힘껏 예찬하십시오.
그러면 당신에게 거대한 변화가 일어날 것입니다.

말을 조금 길게 발음하면 '마알'이 되고 이것을 다시 풀어 보면 '마음의 알맹이'라는 뜻이 됩니다. 마음속에 어떤 생각을 하고 있느냐에 따라 그 사람의 말의 내용이 결정됩니다. 따라서 '말씀'은 '말을 쓰는 것', '마음의 알맹이를 쓰는 것'입니다.

원래 수행하는 사람은 진리를 말씀으로 깨닫는다고 합니다. 상단전上丹田이니, 중단전中丹田이니, 하단전下丹田이니 하는 것도 원래는 말씀으로 열리는 것입니다.

말씀으로 '한!' 하고 한 마디 하면 깨치고 말아야 하는데 그것이 잘 안 되니까 할 수 없이 인위적으로 단전호흡을 하고 혈을 열고 참선을 하고 기도를 하는 것입니다.

자나 깨나 진리와 하나되기를 원하고 법法을 받을 몸과 마음의 준비가 되어 있는 사람은 한 줄기 바람 소리에도 깨치고 절구질을 하다가도 깨치고 마당을 쓸다가도 깨치고 말씀 한 마디에도 깨치는 법입니다.

말에는 '말장난'이 있고 '말씀'이 있습니다. 어떤 사람이 하는 말 한 마디를 들어 보면 그 사람이 어떤 기준을 갖고 살아가는지 알 수 있습니다. '아, 저 사람은 아직 자기 자신에서 벗어나지 못했구나. 자기 이기심으로 모든 것을 바라보고 판단하고 행하고 있구나.' 하는 것이 그대로 느껴집니다.

그런 사람들도 입으로는 진리와 도道와 진실에 대해서 이야기합니다. 그러나 아무리 좋은 말을 하더라도 그 사람의 마음씀이 바르고 넓지 못

하면 그 말씀에는 향기가 나지 않습니다. 단순한 말 재주로 삶과 인간 존재를 논하는 말들은 상투적인 인생 설교로 그치고 말 뿐 사람을 변화시키는 힘이 없습니다.

그러나 말씀은 한 문장의 가르침, 짧은 일화라고 해도 우리의 존재 깊숙이 파고드는 힘을 지니고 있습니다. 또 군더더기 없이 명확하여 우리를 깊은 명상과 삶에 대한 통찰로 인도합니다.

원래 진정한 말씀이란 스승의 사상과 뜻이 소리를 통해 나오는 것입니다. 그래서 우리는 성인聖人의 사상을 말씀이라고 하는 것입니다. 말씀이 빛나는 이유는 그 뒤에 하늘이 있기 때문입니다. 말씀은 '하늘의 마음의 알맹이'이기 때문에 누구의 가슴에나 스며들어 변화를 일으키는 것입니다. 원래 하늘과 연결된 사람, 하늘이 내린 사람을 성인이라 하고 그 성인이 세상 앞에 섰을 때 스승이라고 부르는 것입니다. 그래서 진정한 스승과 대화하면 모든 말장난이 말씀으로 바뀝니다. 그런 말씀은 우리의 의식을 맑게 하고 기氣를 정화시켜 근원적이 자리로 기고자 하는 내재된 욕구를 자극합니다.

우리는 날마다 많은 대화를 하며 살아갑니다. 일 때문에 또는 심심해서, 때로는 개인적으로 부딪힌 어려움을 해결하기 위해 누군가와 대화합니다.

그러나 대부분의 사람들은 자기의 관념을 갖고, 자기의 감정에 젖어서 말하고 듣기 때문에 서로를 성장시키는 참다운 대화를 하기가 어렵습니다. 한편 마음을 잘 쓰는 사람들에게서는 말씀이 저절로 흘러나와 사람들을 감동시키고 진리의 세계로 이끌어 줍니다.

천주교에는 고해성사라는 것이 있습니다. 고해성사를 듣는 신부의 마음이 만약 개인적인 감정에 빠져 있다면 사람들이 편한 마음으로 고해성사를 할 수 있을까요? 사람들은 자신의 고해성사를 듣는 신부가 하느님을 대신한다고 생각하기 때문에 다른 사람에게는 함부로 꺼내 놓을 수 없었던 이야기도 다 털어놓을 수 있는 것입니다.

고해성사는 거짓없이 자신의 죄를 고백하는 것이긴 하나 그 속에도 질투가 있고 미움이 있고 증오가 있습니다. 고해성사를 듣는 신부는 사람들에게 '보속補贖'이라는 것을 줍니다. 그 사람이 처해 있는 상황에서

도움이 될 만한 기도를 한 가지 정해 주는 것입니다. 기도는 또 하나의 말씀이니 그것은 마음을 잘 쓸 수 있게 하는 일종의 처방전이 되는 셈입니다.

사람들은 말씀 속에 있을 때는 '아, 그렇구나. 이렇게 살아야 되겠구나' 하다가도 금세 감정이나 자기 관념에 빠져 힘들어 합니다. 그렇기 때문에 될 수 있으면 진리의 세계로 이끄는 좋은 말씀들을 항상 옆에 두고 우리의 생각을, 복잡한 머리를 자꾸 말씀으로 닦아 내는 생활을 해야 합니다.

당신은 평상시에 어떤 말을 쓰고 있습니까? 당신이 하는 말은 모두 당신 마음의 표현입니다. 항상 '괴롭다', '힘들다', '죽겠다' 는 말이 입에 붙어 있지는 않습니까? 만약 그렇다면 당신의 마음이 그렇게 죽어 있고 힘들다는 것을 의미합니다.

성경에는 '태초에 말씀이 있었느니라' 라고 적혀 있습니다. 태초에 하느님께서 '빛이 생겨라' 하니 빛이 생겼고 '땅에서 푸른 움이 돋아나

거라' 하니 그렇게 되었다고 말하고 있습니다. 여기에는 '마음의 알맹이'를 어떻게 쓰느냐에 따라 모든 것이 창조되고 변화한다는 이치가 담겨 있습니다.

당신이 평상시에 어떤 말을 쓰느냐는 너무나 중요합니다. 자신이 어떤 사람인지 알고 싶다면, 자신의 내면을 들여다볼 수 있는 방법으로 당신이 매일 습관적으로 어떤 말을 쓰는지 종이에 적어 볼 것을 권합니다.

긍정적이고 희망적인 말을 쓰면 당신의 앞길이 환해지지만 부정적이고 절망적인 말만 쓴다면 당신의 앞길은 너무 어둡습니다. '말 한 마디로 천냥 빚을 갚는다', '말은 사람을 죽일 수도, 살릴 수도 있다'는 옛말은 말의 중요성, 마음의 중요성을 일깨워 주는 말씀들입니다.

모든 정보에는 에너지가 담겨 있습니다. 또 인간의 정보에는 암시성이 있어서 같은 정보를 계속 듣게 되면 그 정보대로 변화해 갑니다. 만약 당신이 좋은 정보를 쉽게 받아들이는 사람이라면 당신은 쉽게 변화할 수 있는 사람입니다. 말은 가장 일차적인 정보입니다.

매일 아침 눈을 뜨면서부터 당신을 칭찬하기 시작하여 24시간 내내 당신을 칭찬하십시오. 당신의 모든 장점을 찾아내어 칭찬하고 자신의 무한한 가능성을 힘껏 예찬하십시오. 그러면 당신의 존재에 거대한 변화가 일어날 것입니다.

당신은 강해져서 나쁜 정보를 받아도 좋은 정보로 빨리 대처할 수 있게 되고, 나쁜 정보에 계속 매달려서 스트레스를 받는 일이 줄어들게 됩니다. 그러면 당신의 단점은 눈에 띄게 줄어들 것입니다.

스스로를 칭찬하여 긍정의 힘이 얼마나 위대한지를 경험한 당신은 이제 자신을 칭찬하듯이 남을 칭찬하기 시작할 것입니다.

행복한 사람이 되기 위해 우리가 습관적으로 써야 할 말들이 있습니다. '행복하다, 자신있다, 사랑한다, 이해한다, 즐겁다, 건강하다, 신난다, 힘이 난다, 신뢰한다.' 이런 말들은 우리의 삶에 활력을 불어넣고 '말씀'에 더욱 가까운 생활로 이끌어 줍니다.

희망의 베스트셀러를 기다린다

감각이 죽어있는 상태에서는 즐겨도 즐기는 것이 아닙니다.
의식의 깊은 심층에서는 불안과 절망이 도사리고 있는데
겉으로 웃고 노래한들 그것이 온전한 기쁨이 될 리 없습니다.
그것은 현실의 고통을 잊기 위해 발버둥치는
안타까운 몸부림에 불과합니다.
그런 쾌락은 오래가지 못하며
오히려 몸과 마음에 상처만 남깁니다.

최근에 베스트셀러가 되었던 소설을 몇 권 읽었습니다. 사람들은 어떤 문제에 공감하고 어떤 감성으로 살아가고 있는지가 궁금했기 때문입니다. 그러나 소설을 읽으면서 나는 너무나 큰 비애와 연민을 느꼈습니다. 소설 전편을 흐르는 내용은 하나같이 절망적인 것들뿐이었습니다.

이별, 좌절, 슬픔, 고통, 소유욕, 집착, 피해의식, 마침내 자살……. 소설 속의 사람들은 끝이 보이지 않는 굴레 속에서 쉴새없이 부대끼다가 사랑하는 사람의 배신과 삭막한 세상에 절망하여 꿈과 희망을 상실한 채 추락해 가고 있었습니다.

등장인물들의 삶에는 불행과 슬픔, 고통이 마치 습관처럼 달라붙어 있었습니다. 그리고 은근히 그런 감정들에 깊이 빠져 보지 못하면 인생의 의미를 찾을 수 없다는 듯이 말하고 있었습니다. 행복과 희망, 사랑, 자비 등 인생의 긍정적인 면에 대해서는 다들 얼음장처럼 차갑고 냉소적인 눈으로 바라보고 있었습니다.

당신도 혹시 이런 소설을 읽으며 절망감을 존재의 본질인 것처럼 여긴 적은 없습니까?

83

어느 지혜로운 사람과 그의 제자가 다음과 같은 대화를 나누었습니다.

"네 일생 동안 결코 너를 저버리지 않을 유일한 사람이 누군지 알고 있느냐?"

"그게 누굽니까?"

"너다."

"네가 의문을 품고 있는 모든 문제에 대한 해답이 무엇인지 알고 있느냐?"

"그게 무엇입니까?"

"너다."

"네가 네 삶 속에서 추구해 온 최고의 가치가 무엇인 줄 아느냐?"

"그게 무엇입니까?"

"바로 너다."

우리 모두는 보석의 광휘로 빛나는 아름다운 광산입니다. 또한 동시에 그 광산 속에서 보석을 탐사하는 사람입니다. 때때로 우리는 인생의 길에서 그 보석이 어디 있는지를 알려 주는 스승을 만나기도 합니다. 하지만 보석을 캐는 것은 언제나 우리 개개인의 몫으로 남아 있습니다.

사람들이 현실에서 이러저러하게 달라 보이는 것은 사람에 따라서 그가 닦아 낸 보석의 면수가 다르기 때문입니다. 닦아 낸 면이 백 개인 사람과 스무 개밖에 안 되는 사람은 현실에서 발하는 빛이 서로 다를 수밖에 없습니다.

그러나 현실의 그 어떤 능력과 인격의 차이에도 불구하고 우리 안에 있는 보석 자체는 그 누구의 것이든 완벽하게 밝고 아름답습니다. 그러나 사람들은 자기 안에 있는 보석을 보지 못하고 외부의 것에만 집착하려 듭니다.

우리가 우리 자신의 내부에서 보석을 발견하든 안 하든 우리 안에 보석이 존재한다는 사실은 변하지 않습니다. 우리는 지금 당장 우리 안의 무한한 보석의 존재를 인정하고 그 보석을 신나게 쓰기만 하면 됩니다. 그저 받아들이기만 하면 되는 것입니다. 백 퍼센트 긍정하기만 하면 그 순간 우리의 삶은 빛나기 시작합니다.

그런데 우리 시대 베스트셀러 소설들의 내용이 그렇듯이 삶을 긍정하는 것이 생각만큼 쉽지 않은 것이 문제입니다.

'당신은 당신 자신을 어떻게 생각하는가?' 이 질문은 아주 쉬운 듯하면서도 어렵습니다. 어쩌면 대부분의 사람들은 이 질문을 애써 회피해 왔는지도 모릅니다. 그러면서도 사람들은 다른 이들에게 자신이 훌륭한 사람으로 평가되기를 원합니다.

그러나 당신은 정작 자신을 어떻게 평가하고 있습니까? 당신의 삶은 살 만합니까? 너무 무료하고 권태롭고 뻔하지는 않습니까? 뻔한 삶에 자신을 던져야 한다는 생각이 들 때만큼 비참한 순간은 없습니다. 자신의 가치를 항상 낮게 평가해 왔다면 당신의 삶은 지옥 같았을 것입니다.

지금 당장의 삶은 힘들어도 자신의 가치를 항상 존귀하게 여기고 언젠가는 자신의 참 가치가 발현될 것이라고 확신하는 사람의 삶에서는 향기가 납니다.

가장 불쌍한 사람은 자신의 가치를 낮추려고 하는 사람입니다. 자신을 항상 미워해 온 사람은 세상이 재미가 없습니다. 그래서 그는 다른 모든 사람들도 미워합니다.

이 증오심이 극한에 이르면 자신의 주변에 있는 모든 사람들이 자신을 불행하게 만든다고 착각합니다. 슬픔과 절망의 심연으로 빠져들라고 손짓하는 소설들이 베스트셀러가 될 수 있었던 까닭은 불행하게도 이러한 우리의 의식 때문입니다.

사람들은 대부분 행복을 느낄 수 있는 감각이 마비되어 있습니다. 변심한 애인에 대한 원망, 자존심을 상하게 한 친구, 스트레스를 주는 직장 상사에 대한 원망으로 가득 차 행복이 당신 가슴속에 있다고 아무리 크게 소리를 질러도 들으려 하지 않는 것입니다.

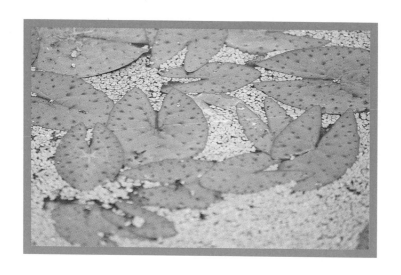

　사람들의 감각이 회복되어 좀더 밝은 눈으로 세상을 바라보기만 하면 이 세상은 그 자체가 기적입니다. 눈을 뜨면 보이고, 입을 열면 말할 수 있고, 저절로 소리가 들리고, 무언가를 느낄 수 있는 것 자체가 바로 기적입니다. 이것 외에 어떤 것이 더 큰 기적일 수가 있습니까?

　그러나 사람들은 감각이 죽어 있기 때문에 자신의 존재 자체가 기적인 줄 모르고 엉뚱하고 비현실적인 기적을 꿈꾸고 있는 것입니다.

　이 기적을 기적으로 느끼기 위해서는 먼저 기적을 느낄 수 있는 감각이 회복되어야 합니다. 감각이 회복되는 순간 우리는 우주의 넘치는 에너지를 느낄 수 있고 그 생동하는 에너지로 자신이 행복을 창조할 수 있습니다. 감각이 회복된 사람에게서는 안정감이 느껴지고, 목소리에도 힘과 평안함이 동시에 배어 있습니다.

그때에야 비로소 우리에게는 행복을 즐길 수 있는 상태가 찾아옵니다. 감각이 죽어 있는 상태에서는 즐겨도 즐기는 것이 아닙니다. 의식의 깊은 심층에서는 불안과 절망이 도사리고 있는데 겉으로 웃고 노래한들 그것이 온전한 기쁨이 될 리 없습니다. 그것은 현실의 고통을 잊기 위해 발버둥치는 안타까운 몸부림에 불과합니다. 그런 쾌락은 오래가지 못하며 오히려 몸과 마음에 상처만 남깁니다.

감각을 열고 먼저 자신을 느껴 보십시오. 자신을 느끼고, 자신이 어떻게 살아가고 있는지 느끼고, 어디를 향해 가고 있는지 느껴 보십시오. 당신이 어디에서 행복과 만족감을 얻으려 하는지 느껴 보십시오. 전체를 느껴 보고, 우주를 느껴 보라는 것입니다.

그리고 다시 눈을 뜨고 보십시오. 세상은 얼마나 아름답습니까! 우리는 자신의 내부를 보려 하지 않고 자신을 둘러싼 세상과 우주의 아름다움을 보려 하지 않고, 오직 주위 사람들이 우리를 어떻게 대해 주느냐에만 집착해 왔기 때문에 삶은 절망이라고 믿어온 것 아닙니까?

　절망의 베스트셀러가 유행하는 이유는 시대가 어둡기 때문이라고 말하는 것은 핑계입니다. 문제는 우리의 의식입니다. 우리의 의식이 바뀌면, 우리 가슴속에서 찬란한 보석의 광휘를 발견하면 그때는 희망의 베스트셀러, 존재의 환희와 기쁨을 노래하는 베스트셀러가 세상을 뒤덮게 될 것입니다.

무아의 세계를 향한 꿈

선행도 우리 마음에 상처를 남깁니다.
거기에는 항상 "너는 왜 나한테 주지 않느냐?"하는
기대와 원망이 깔려 있기 때문입니다.
의식적으로 행하는 선은 악과 마찬가지로
우리 영혼에 똑같이 짐을 지우고 상처를 입힙니다.

꼬박 한 달 동안 매달려 있던 일이 끝난 날, 시원한 비가 내렸습니다. 허탈함을 이기지 못하고 한참이나 궁상을 떨던 우리들은 밤이 이슥해서 영화를 한 편 보러 갔지요.

살인 누명을 쓰고 종신형을 선고받은 한 남자가 야만적인 감옥의 생리와 폭력에 맞서 자유를 찾아 나가는 과정을 그린 영화였습니다.

주인공이 이십 년 동안 준비해 온, 자신의 꿈인 탈출에 성공하던 날 영화 속에서는 황금빛 비가 쏟아집니다. 주인공은 환희에 넘쳐 빗발 한가운데 굳게 서서 온몸으로 그 비를 맞습니다.

우리가 극장문을 나섰을 때도 비는 계속 내리고 있었습니다. 누군가 문득 "나도 우산을 던져 버리고 주인공처럼 비를 맞고 싶다."고 말했습니다. 사람들은 영화 속의 교도소를 인생에 대한 은유라고 생각하는 듯했습니다. 우리들은 저마다의 삶을 생각하느라고 말없이 비 내리는 거리를 걸었습니다.

누군가 먼저 침묵을 깨기 시작했습니다.

"교도소에서는 가두고 속박하는 것이 겉으로 드러나지만 교도소 밖의 우리들은 보이지도 않는 속박에 갇혀 사는 것 같아요."

나는 그에게 무엇이 당신을 속박하는 것 같냐고, 무엇으로부터 탈출하고 싶냐고 물어 보았습니다.

"재미도 없는 일을 지겹게 반복해야죠. 과거를 생각하면 부끄럽고, 미래를 상상하면 불안하고, 현재는 순간 순간 무력감을 느끼죠. 늘 세상과 제 자신과 타협하며 사는 것 같고……."

그러나 그는 의심스럽다고 말했습니다. 그런 문제가 해결되면 더 이상 탈출을 꿈꾸지 않아도 될 만큼 자유롭게 될지 어떨지…….

내 경우 가장 많이 벗어나고 싶어했던 것은 인간 관계에서 느끼는 알 수 없는 외로움과 답답함이었습니다. 나는 혼자 있을 때마다 묻곤 했습니다. '내 주위에 내가 진실하게 대화를 나눌 수 있는 사람이 몇 명이나 될까?'

그러면 내가 만난 사람들의 얼굴이 희미하게 떠올랐다가 사라지곤 했습니다. 얼굴이 떠오르면 나는 또 한 번 물었습니다. '이 사람은 내 이야기를 귀기울여 들어 줄 수 있나? 이 사람은 나를 믿고 신뢰할까? 나는 이 사람과 마음을 주고받을 수 있나?'

질문 끝에 떠오른 그 사람들의 숫자를 헤아려 보고 나는 '아, 이게 내 삶의 성적표로구나' 하는 생각에 가슴 아파하곤 했습니다.

성적표를 손에 들고 참담한 기분이 들 때마다 나는 또 물었습니다.

'나는 착하게 살려고 늘 애써 왔는데 왜 사람들과 가까워질 수 없고 마음을 나누기가 어려운가?'

내가 가장 힘들었던 그 시기에 만났던 한 지혜로운 스승은 내게 이렇게 말해 주었습니다.

"선행도 우리에게 마음의 상처를 남깁니다 거기에는 항상 '나는 너한테 이만큼 주었는데 너는 왜 나한테 주지 않느냐?' 하는 기대와 원망이 깔려 있기 때문입니다. 의식적으로 행하는 선은 악과 마찬가지로 우리의 영혼에 똑같이 짐을 지우고 상처를 입힙니다."

스승은 또 이렇게도 말했습니다.

"나를 고집하면 할수록 나는 더욱 빈곤해지고 다른 사람들과 마음을 나눌 수 있는 기회는 점점 줄어듭니다. 항상 자기라는 에고에 빠져 있는 사람은 순수함을 잃어버리고 진실해질 수 없기 때문입니다. 그 에고를 없애지 않는 한 모든 존재하는 것과 하나될 수 있다는 것은 허망한 꿈이며 착각입니다. 우리는(에고로서의) 자기가 없는 상태, 무아無我의 상태가 되어야만 합니다."

"그러면 자기를 없애는 것, 무아의 상태로 나가는 것은 무엇으로 가능합니까?"하고 나는 물었습니다.

스승은 "오직 깨닫는 것으로만 가능합니다."라고 대답했습니다.

깨닫는 것이란 우주 만물의 근본과 통하는 것이므로 너와 나의 구분이 없는 세계로 가는 데에는 이론의 여지가 없는 확실한 방법처럼 여겨졌지만 나는 이내 실소失笑했습니다. 깨닫는 것이야말로 내게는 영원히 불가능한 일이며 허망한 꿈처럼 여겨졌기 때문입니다.

우리가 봤던 영화에서 주인공은 그의 늙은 친구와 이런 대화를 나눕니다.

"다른 사람이 건드릴 수도 없고 간섭할 수도 없는 우리 안의 소리…… 우리 가슴속에는 희망이라는 것이 있어요."

"희망이란 위험한 거야."

"선택은 하나밖에 없어요. 꿈을 갖고 살든가 희망 없이 죽든가."

결국 주인공은 희망을 선택했고 더불어 그의 친구의 가슴에도 희망을 심어 주었습니다.

나도 예전에는 희망을 부정했습니다. 깨닫는다는 것은 영원한 동경일 뿐 삶의 목표가 될 수는 없다고 생각했기 때문입니다.

"무아의 상태가 가능하다면 왜 그것이 우리 사회에서 일반적인 문화가 안 된 겁니까?"

"그것은 우리가 꿈을 상실했기 때문입니다. 사람들은 어떤 일에 실패할 때마다 상황이 어렵기 때문이라고 말하지만 진짜 이유는 꿈을 잃어버렸기 때문입니다."

인간의 역사가 잔인했다면, 그것은 사람들에게서 무아의 세계로 향하는 꿈을 빼앗아 버렸기 때문이라는 것입니다. 더 많이 소유하기 위해서 싸우고, 경쟁하고, 관념과 욕망과 집착의 역사가 이어져 오는 동안 사람들은 무아란 이상일 뿐 현실이 될 수는 없다고 생각하게 되었다는 것입니다.

영화 〈쇼생크 탈출〉에는 브룩스라는 노인이 한 명 등장합니다. 50년 이상을 감옥에서만 살아온 그는 사회로 돌아가는 것을 두려워하여 출소하지만 끝내는 자살하고 맙니다. 브룩스는 길들여진다는 것의 비애, 꿈을 잃어버린 삶의 비애를 보여 주고 있습니다. 꿈을 잃어버린 브룩스의 감옥 생활은 평온해 보였지만 거기에는 창조의 기쁨도 생에 대한 환희도 없었습니다.

나는 언젠가부터 무아 속의 '참나'를 만나고 그 '참나'를 실현하고 완성하는 길에 희망을 품게 되었습니다. 늘 인간 관계에서 상처받았다고 생각해 왔는데 상처를 받았던 것은 나의 이기심과 자만심일 뿐 나의 내면에는 어떠한 상처도, 어떠한 구속도, 어떠한 고통도 받은 적이 없는 새로운 세계가 있다는 것을 안 이후 그 희망은 더욱 커졌습니다.

나는 새삼 자신감이란 체험에서 나온다는 것, 그리고 간절하게 원하면 길은 주어진다는 것을 절감하고 있습니다.

나는 내 가슴뿐만 아니라 보다 나은 삶을 찾아 나서는 모든 이의 가슴에 무아의 세계를 꽃피울 씨앗이 있다고 믿습니다. 영화를 보고 난 우리들로 하여금 빗발 한가운데에 서 있고 싶도록 만든 것도 바로 우리 가슴 안에 있는 '참나'의 꿈틀거림이라고 생각합니다. 우리 가슴 깊숙이, 모든 속박으로부터, 또 스스로를 속박하는 자기로부터 자유롭고자 하는 그 소망이 자극을 받았던 것입니다.

그리고 꿈을 가지고자 하나 어떤 것이 진정으로 품어야 할 소망인지 몰라서 방황하는 이들에게는 무아의 세계를 꿈꾸라고 말해 주고 싶습니다. 그 꿈을 현실의 무대로 끌어내 당신의 사랑을, 당신의 생명을, 당신의 자비로움을 맘껏 쓰라고 말해 주고 싶습니다.

무아의 꿈은 개인적인 욕망에서 나온 것이 아니라 우리의 본성으로부터 발현된 것이므로 어떤 이데올로기에도 빠지지 않고 어떤 선에도, 어떤 악에도 속하지 않고 모든 사람과 통해서 이 세상에 아름다운 꽃을 피웁니다.

영화 〈쇼생크 탈출〉의 말미에서, 주인공의 늙은 친구는 수인공에 대해 이렇게 말하고 있습니다.

"새장 안에 가두어 둘 수 없는 새들이 있다. 그 새들이 비상할 때 그 깃털은 너무나 찬란하다."

어떤 길이나 세상에는 항상 앞서가는 이들이 있게 마련이지만 길은 또 누구에게나 열려 있는 법입니다. 무아로 가는 길은 오직 자기 안에 있으므로 더욱 그렇습니다. 우리들이 그 세계로 비상할 때 우리의 깃털도 마찬가지로 황금빛으로 찬란하게 빛날 것입니다.

지혜로운 자는 신神을 활용한다

원래 탁구나 배구를 처음 가르칠 때는
정석대로 하지 않으면 안 된다고 가르칩니다.
그러나 기초 과정이 끝나면
탁구채를 이렇게 잡을 수도 있고
저렇게 잡을 수도 있습니다.
그때는 잘 치는 것이 중요하니까요.

지난달 초입에 친구한테서 편지가 한 통 왔습니다. 늘 소탈하고 편안해서 내게 사람 만나는 기쁨이 뭔가를 깨우쳐 주는 좋은 벗입니다. 그는 어머니 뱃속에서부터 교회에 다녔는데 단학수련을 하는 나를 '김 도사'라고 부르곤 했습니다.

이 친구의 사연은 꽤나 심각한 것이었습니다.

"이보게, 김 도사. 엊그제 초등학교 5학년이 된 아들놈이 교회에 안 나가겠다고 선언을 했네. 이유를 물으니 예수님은 원수를 네 몸같이 사랑하라고 하셨는데 자기는 그럴 수가 없다는 것이네. 성질이 급해서 누가 싫은 소리만 하면 욕을 하든지 싸우든지 해야 속이 시원한데 그런 마음으로 어떻게 원수를 사랑하겠느냐는 거지. 아무리 생각해도 예수님은 자기 같은 나쁜 사람이 믿을 분이 아니라는 걸세."

친구는 아들놈에게 한 방 먹은 기분이라고 했습니다. 그것도 결정타를 맞은 기분이 들더랍니다.

"아들놈 앞에서 나는 할 말을 잃었네. 솔직히 말하면 내 신앙이 부끄러워졌네. 내 기도는 늘 가슴속에서 무슨 일이 일어나고 있는지 확인하지도 않은 채 이루어졌다는 생각이 들었네. 나는 그동안 하느님을 모시기만 했을 뿐 말씀대로 살지는 못한 것 같네."

친구의 편지를 읽고 나니 얼마 전에 접한 '어리석은 자는 신神을 섬기고 지혜로운 자는 신을 활용한다'는 선가仙家의 말씀이 떠올랐습니다.

나는 오래 전부터 세상에는 진리라는 것이 있고, 사람이라면 누구나 진리와 만나기를 소망한다고 믿어왔습니다. 그것은 비단 나 혼자만의 믿음은 아닐 터입니다. 진리에 대한 소망을 선가에서는 인간에게 내재한 신의 속성, 즉 신성神性의 증거라고 말해 왔습니다. 비단 선도 수련뿐만 아니라 모든 종교는 사실 그런 믿음과 전제에서 출발한 것입니다.

그러나 우리는 그 소망을 실현시키기 위한 과정에서 지름길을 버려둔 채 돌아오는 먼 길을 배워 온 것 같습니다. 내 친구의 고백처럼 신앙을 통해서 하느님이나 예수님을 극진히 모시기만 했을 뿐 우리 가슴속에서 고동치는 신성의 울림에는 귀를 기울이지 못했던 것입니다.

종교의 힘은 놀라운 것이어서 자비와 사랑으로 이 세상을 아름답게 수놓기도 했지만, 오도된 신앙은 자기만의 신을 만들고 그 신만을 옳다고 움켜쥠으로써 싸움을 일으키고 사랑이라는 이름으로 인류에게 깊은 상처를 남기기도 했습니다.

선가에서는 분열의 시대에서 조화의 문화를 창조할 수 있는 사람은 신앙인이 아니라 신인神人이라고 말해 왔습니다. 신이 밝은 사람은 진리가 하나인 걸 알기 때문입니다. 하늘과 땅이 하나이고 너와 내가 하나인 걸 경전을 통해서가 아니라 감각으로 느낄 수 있다면 그때는 모든 시비가 끝나고 원수를 내 몸같이 사랑하는 것이 너무나 자연스러운 일이 될 것입니다.

성경에는 '나는 길이요 진리요 생명이니 나를 통하지 않고는 아무도 하늘 나라에 갈 자가 없느니라(요한복음 14:6)', '나는 아브라함이 태어나기 전에 있었다(요한복음 8:58)' 는 구절이 나옵니다. 여기서 말하는 '나' 를 어떻게 해석하느냐에 따라 우리는 신앙인으로 머물 수도 있고 신인을 지향할 수도 있습니다. 예수님이 말한 '나' 의 실체는 과연 무엇일까요?

예수님이 목이 터져라 외쳤던 '나' 는 십자가에 못박힌 예수님 자신을 지칭하는 것이 결코 아닙니다. 그때의 '나' 는 자아이자 인간의 신성인 동시에 모든 생명이 존재하게 하는 우주의 원리이자 법칙입니다. 예수님은 스스로를 독생자獨生者라고 말했는데 이것도 '내가 하느님의 유일한 아들이니 나만을 따르라' 는 것이 아니라 유일무이唯一無二한 하느님의 정신을 강조한 것입니다. 정신의 실체, 곧 진리는 오로지 하나이며

둘일 수가 없다는 것입니다. 이를 부처님은 천상천하 유아독존天上天下唯我獨存이라고 말했습니다.

성경에서는 '나'를 알파요 오메가라고 노래했으며, 우리 민족의 3대 경전의 하나인 『천부경天符經』에서는 무시무종無始無終, 『참전계경參佺戒經』에서는 무소부재無所不在라 하여 '시작도 없고 끝도 없으며 존재하는 모든 것에 두루 꽉 차 있다'고 보았습니다.

일찍이 우리 선조들은 사람 몸 속에 있는 하느님의 정신이야말로 현묘하고 완벽한 진리의 실체임을 간파했습니다. 그래서 내 안에 있는 신성神性을 확실히 알고 그것을 발현시킬 수 있는 원리와 방도를 제시한 것이 이 땅의 선도 문화였던 것입니다.

인류 역사 속에서 깨달은 모든 분들은 그 정신의 핵에 도달한 사람들입니다. 그러나 그 정신은 예수님이나 부처님에 의해서 새롭게 창조된

것이 아니며 그분들의 삶 이전에 하나의 실체로서 이 세상에 존재하고 있었던 것입니다.

우리 안에도 하느님의 정신이, 신성이 숨쉬고 있다는 깨달음은 얼마나 위대한 발견입니까? 그러나 사람들은 그것을 인정하지 않거나 하늘로부터 선택받은 특별한 사람들에게나 의미 있는 것이라고 여겨 체념하며 살아갑니다. 간혹 하느님의 정신으로 산다고 자부하는 이들도 있지만 가만히 살펴보면 그들이 말하는 정신은 무슨 주의네, 무슨 주의네 하는 관념일 경우가 많습니다. 그런 관념은 시대에 따라, 환경에 따라 바뀌는 것이나 참 정신은 시작부터 끝까지 영원히 변질될 수 없는 그 무엇입니다.

성인들은 모두 인간의 몸으로 태어나 우리보다 먼저 자기 안의 신성을 발견할 수 있는 감각을 회복한 분들이며 그렇기 때문에 우리는 그분들을 안내자로 따르는 것입니다. 어떤 성인도 깨달음을 종교적 교리와 동일시한 적이 없으며 그들은 진리를 자신의 몸으로써, 자신의 감각으로써 체득할 것을 강조했을 뿐입니다.

부처님은 "도를 내 몸 밖에서 구하면 수천 금을 주어도 이룰 수 없다."고 했으며, 소크라테스는 "너 자신을 알라."고 설파했습니다. 공자님은 "너의 몸 속에 모든 법칙이 들어 있으며 너의 몸이 우주의 축소판."이라고 강조했습니다.

우리의 몸을 통해서 우주의 진리가 끊임없이 메시지를 전해 주고 있음을 간파한 한 도인은 일찍이 이렇게 말했습니다.

"네 심장의 고동 소리, 그 자연의 에너지를 느끼지 못하는 놈이 '나는 언제 깨닫게 될까요?' 하고 묻는다면 '돌짱승이 애를 밸 때까지'라고 말할 수밖에 없다."

우리의 몸에 진리가 약동하고 있으며 신성이 빛나고 있다는 확신이야 말로 용신用神의 출발점입니다. 신성의 존재를 믿지 않는 사람이 그것을 활용할 수는 없기 때문입니다.

용신의 의미를 알게 되면 왜 성철 스님이 "기독교인은 예수를 죽여라. 불교 신자는 부처를 죽여라." 하고 말했는지 이해하게 될 것입니다. 그때 가면 모든 종교는 인간의 신성의 서로 다른 표현일 뿐 결국은 하나임이 분명해지며 그 평화의 한마당에서 인류는 진정 하나가 될 수 있을 것입니다.

원래 탁구나 배구를 처음 가르칠 때는 정석대로 하지 않으면 안 된다고 가르칩니다. 그러나 기초 과정이 끝나면 탁구채를 이렇게 잡을 수도 있고 저렇게 잡을 수도 있는 것입니다. 그때는 잘 치는 것이 중요하니까요.

언제까지 우리는 배우기만 할 것입니까? 이제 하느님의 마음으로 살아야 하지 않겠습니까? 언제까지 하느님의 마음을 모시기만 할 것입니까? 이제 모든 살아 있는 가슴속에서 하느님을 발견하고 우리도 스스로 빛나서 각자가 서 있는 삶의 이곳 저곳에서 신성의 빛으로 주위를 비추어야 하지 않겠습니까?

창살을 휘고 바위도 뚫는 힘

죽어도 자전거를 타겠다고 마음먹은 아이는
타는 법을 가르쳐 주지 않아도
몇 번 무릎이 깨지고 난 다음에는
순간적으로 중심을 잡고 멋지게 자전거를 탈 수 있습니다.
머리로 이해하거나 따지려는 사람은 훨씬 늦됩니다.
무릎 깨지는 것을 두려워하면 평생 가도 자전거를 탈 수 없습니다.

어릴 적 고향 마을에서는 볕 좋은 가을날이면 집집마다 고추를 말렸습니다. 쨍쨍한 햇볕에 종일토록 내맡겨 두었다가 밤이 들기가 바쁘게 소쿠리에 거두어 담기를 수 차례……. 그러면 토실하던 고추가 조금씩 야위어 가면서 말갛게 잘도 말랐습니다. 고갯마루에서 내려다 보면 마당 한켠의 맷방석 위에, 초가 지붕 위에 붉게 널린 고추가 꽃처럼 예뻤습니다.

그런데 어느 날 고추 때문에 마을에 난리가 났습니다. 웬 미친 사람이 와서 한 맷방석이나 되는 고추를 낼름낼름 다 집어먹어 버린 것입니다. 손만 대도 눈물이 쏙 빠지는 매운 고추를 그렇게 먹어 댔으니 어른들은 속이 새까맣게 타서 죽을지도 모른다고 걱정했습니다. 그러나 걱정은

괜한 것이었습니다. 그 사람은 말짱했을 뿐만 아니라 다른 집의 고추도 계속 탐을 내 어른들의 입을 쩍 벌어지게 만들었기 때문입니다.

아무런 탈없이 소동은 끝났고 사람들은 미친 놈 뱃속에 들어가면 고추도 과자로 둔갑하는 모양이라고 입을 모았습니다. 나는 그때 미친다는 것은 정말 이상하고도 놀라운 힘을 가진 것이로구나 생각했습니다.

몸과 마음을 닦는 수행에 관심을 두고 기의 세계에 눈을 뜬 이후로 나는 그 '미친다는 것'의 위력에 새삼 놀라고 있습니다.

기에는 내기內氣와 외기外氣, 두 가지가 있습니다. 우리가 흔히 밥 먹고, 일하고, 잠자고, 서로 부대끼며 사는 데 쓰이는 에너지는 외기에서 나오는 것입니다. 그런데 우리의 내부에는 그 외기를 몇 십 배 능가하는 엄청난 에너지인 내기가 숨어 있습니다. 선가에서는 내기를 터득한다는 표현을 쓰는데, 이는 머리로 계산해서는 내기의 근처에도 갈 수 없고 오직 몸으로 행함으로써만 그 실체에 닿을 수 있다는 의미입니다. 터득한 내기를 축적하고 활용하여 '인간 완성'에 이르는 것이 선도의 핵심입니다.

내기는 흔히 종교적인 차원에서 많이 나타납니다. 암이라든가, 백혈병이라든가 현대 의학도 손을 들어 버린 불치병에 걸린 사람들이 최후의 수단으로 종교에 의지하는 것을 우리는 종종 봅니다. 생명의 벼랑에 선 그들은 눈물이 날 만큼 간절합니다. 죽기살기로 매달리며 기도합니다.

많은 사람들이 기도중에 느닷없이 몸이 불덩어리처럼 달아오르거나, 엄청난 냉기 또는 열기에 휩싸이거나, 제자리에서 펄쩍펄쩍 뛰어오르는 등의 신비 체험을 한 후에 씻은 듯이 병이 낫습니다.

사람들은 성령의 은총을 입었다는 표현을 쓰지만 그것도 결국은 기의 작용입니다. 모든 잡념이 사라져 버리고 응집되고 또 응집된 간절함만 남아 있는 상태가 내기 발동으로 이어진 것입니다.

충주에 있는 어떤 절은 '관세음보살'만 부르면 병이 거짓말처럼 달아난다고 소문이 나서 사람들이 구름처럼 몰려듭니다. 산속의 그 큰 절집 마당을 그득그득 메운 사람들은 밤을 새워 '관세음보살'을 불러 댑니다. 그곳에서도 똑같은 일이 벌어집니다. 고통 때문에 가슴을 치며 울부짖다가도 앉은 자리에서 갑자기 병이 나아 버리는 것입니다. 그런데 이상한 일은 관세음보살을 힘없이 살살 부르면 수억 번을 불러도 변화가 없다는 것입니다. 목숨을 걸고 통곡하듯이, 정신이 나갈 정도로 불러야 병이 낫는다는 것입니다.

사람들은 "주여, 주여!"하고 불렀거나 "관세음보살!"하고 불러서 병이 나았으니 문제는 '누구한테 매달리는가'라고 생각할지도 모릅니다. 그러나 중요한 것은 매달리는 대상이 아니라 그 주체입니다. 대상이 없어도 급박한 상황에서 일도一道 상태가 되면 엄청난 에너지가 발생합니다. 누구를 부르느냐보다는 어떤 마음으로, 어떤 절박함으로 부르느냐가 중요한 것입니다. 내기를 부르는 힘은 바로 벼랑 끝에 몰린 자에게서 나타나는 것과 같은 절박함입니다. 죽기 살기로 원하지 않으면, 원하는 것에 미치지 않으면 내기는 얼씬도 않습니다.

어떤 부인이 세 살바기 아들을 데리고 동물원 구경을 갔는데, 잠깐 한 눈을 파는 사이에 느슨한 창살을 통해 아기가 우리 안으로 들어가 버렸습니다. 엄마가 놀라서 돌아봤을 때는 이미 곰이 어슬렁어슬렁 아기 코 앞까지 다가간 상태였습니다. 순간 믿지 못할 일이 벌어졌습니다. 그 부인이 창살을 움켜쥐더니 두 손으로 그것을 단숨에 휘고 아이를 꺼낸 것입니다.

후에 창살을 원위치시키려고 장정 몇이 달려들었지만 꼼짝도 안 했습니다. 물론 그 부인도 다시 힘을 써 봤지만 움직일 리가 없었습니다. 사실 그때 부인은 제정신이 아니었습니다. 아이를 살려내야 한다는 그 생각 하나에 미쳐 있었던 것입니다. 연약한 손에서 창살을 휠 만큼 폭발적인 에너지가 분출되는 상태, 그것은 정신일도의 힘이 아니고서는 불가능한 일입니다.

또 이런 이야기도 있습니다. 어떤 사냥꾼이 밤길에 호랑이를 만났는데 자기도 모르게 활을 쏘고는 설맞았을지도 모른다는 두려움 때문에 확인도 안 해보고 냅다 도망쳐 왔습니다. 다음날 호랑이를 잡았다고 큰소리를 치며 마을 사람들과 함께 산에 올라가 보니 호랑이는 없고 화살이 박힌 바위만 덩그라니 놓여 있더랍니다. 깜깜한 밤중이라 바위를 호랑이로 착각한 것입니다. 사냥꾼이 제정신으로 바위를 향해 다시 활시위를 당겨 보았지만 애꿎은 화살만 부러뜨리고 말았습니다.

우리 안에는 에너지가 있습니다. 그것도 그냥 단순한 에너지가 아니라 창조적이고도 폭발적인 에너지, 내기가 있는 것입니다. 우리는 이 세상에 태어날 때 누구나 다 그것을 가지고 태어납니다. 그 내기를 쓰다가 가는 사람이 있고 자기 안에 그런 에너지가 존재하는지도 모른 채 살다 가는 사람이 있을 뿐입니다.

살면서 무언가 자기 수련을 하려고 마음먹은 사람은 양기발동 투석금 陽氣發動 投石金(진기가 발동하면 돌과 쇠도 뚫는다)이니, 정신일도 하사불성精神一道 何事不成이니 하는 말들을 상투적인 것으로 생각하거나 허투루 들어서는 안 됩니다.

암 환자가 목숨을 걸고 "주여!"하고 외치는 그 마음, 목숨이 경각에 달한 사람이 "관세음보살!"하며 매달리는 그 마음, 아이의 생명을 구하기 위해 맹수의 우리에 뛰어들었던 어머니의 그 마음, 그 절실함으로 매진하고 또 매진해야 하는 것입니다.

그러나 절실함만 가지고 다 되는 것은 아닙니다. 내기는 목적이 있어
야만 나오기 때문입니다. 목적 없이 에너지는 나오지 않습니다. 수련하
는 사람이 병에서 완전하게 해방되는 그 목적에 미친다면 병이 낫게 될
것이고 정신적인 초조함이나 불안감에서 벗어나는 데 미쳐 있다면 그의
내기가 그렇게 해 줄 것입니다. 또 삶의 고단함을 이기고 삶의 참 의미

와 기쁨을 알고 싶어 미친다면 그렇게 될 것이며, 민족과 인류를 위해 헌신하겠다는 꿈에 미쳐 있다면 그것을 이루게 될 것입니다. 큰 뜻을 세우면 원래 그만큼 큰 하늘의 기운이 감응하는 법입니다.

요즘 내게 선배 대접을 하면서 수련에 대해 이것저것 물어 보는 사람이 부쩍 늘었습니다. 그들은 한결같이 지름길을 알려 달라고 야단입니다. 그러면 나는 "자전거를 배우듯이 수련하시오." 하고 말해 줍니다.

죽어도 자전거를 타겠다고 마음먹은 아이는 타는 법을 가르쳐 주지 않아도 몇 번 무릎이 깨지고 난 다음에는 순간적으로 중심을 잡고 멋지게 자전거를 탈 수 있습니다. 머리로 이해하거나 따지려는 사람은 훨씬 늦됩니다. 무릎 깨지는 것을 두려워하면 평생 가도 자전거를 탈 수 없습니다. 수련뿐만 아니라 일하는 것, 살아가는 모든 문제가 다 그렇습니다.

연일 봄바람이 붑니다. 이 도시에도 서서히 봄물이 들고 있습니다. 이 봄에 나는 고추 한 맷방석을 집어먹고도 멀쩡했던 그 미친 사람을 생각하고 있습니다. 내 몫의 삶을 이끌고 여기까지 오는 동안 나는 진짜 미쳐 본 적이 있던가, 스스로에게 내기를 발휘할 기회를 준 적이 있던가 묻고 있습니다.

저 파란 창공이 하늘이 아니다

정말로 외로움을 아는 사람은 담대합니다.
생生은 외로움이라는 것을 알기 때문에,
그 사람에게는 힘이 있습니다.
그러나 외롭지 않은 상태를 찾으려고 하는 사람은
쉽게 약해집니다.
그 사람이 알고 있는 뿌리가
가짜이기 때문에 힘이 없습니다.

사람이 여럿 모이다 보면 늘 분위기를 좋게 하는 사람이 있고 툭하면 분위기를 망치는 사람이 있습니다. 나는 세상에서 제일 멋진 사람은 조화調和를 잘 이루는 사람이라고 생각합니다.

이웃과 이웃과의, 너와 나의 관계를 원만하게 발전시키는 사람, 나쁜 분위기를 좋은 분위기로 바꿀 수 있는 사람, 싸움이 있는 곳에 평화를 가져다 주는 사람, 아픈 사람이 있으면 그 사람의 마음을 알아서 편안하게 해 주는 사람. 그런 사람이 참 조화를 이루는 사람이 아닌가 합니다.

우리 몸도 조화가 깨지기 때문에 병에 걸립니다. 몸이 필요로 하는 것 이상으로 많이 먹는다든지, 고기와 야채를 적절히 먹어야 좋은데 고기 욕심을 너무 많이 부린다든지 하면 조화에 금이 가게 됩니다.

조화를 깨기는 쉽지만 한 번 깨진 조화를 다시 일으키기는 어렵습니다. 세상을 보는 눈이 좁은 사람은 자기 한 몸만 건강하고 편하면 되는 줄 압니다. 그러나 우리는 이미 하늘과 땅 가운데 뿌리를 내리고 하나로 연결된 존재입니다. 이 엄연한 생명의 실상에 눈뜬 이는 조화를 생각하게 됩니다. 홀로 있어도 당당하고 아름답되 전체를 생각할 줄 압니다.

사람은 항상 적당한 마음을 유지할 수 있어야 합니다. 그것이 조화입니다. 우리 몸의 체온은 37도가 적당하도록 되어 있습니다. 그 조화를 유지해야만 건강하듯이 삶이 지나가는 모든 자리마다 뜨겁지도 차지도 않지만 지극한 마음이 함께해야 합니다.

많은 이들이 외로움 때문에 늘 사랑하고 의지할 곳을 찾아 다닙니다. 이 세상에서 사람들이 가장 많이 의지하는 대상은 돈인 것 같습니다. 거의 신앙 수준이라고 봐야지요.

돈은 살아가는 데 반드시 필요한 것입니다. 그러나 신앙을 갖더라도 광신도가 되면 볼썽사납지요. 단순히 돈만을 생각하며 광적으로 신앙해서는 안 됩니다. 그렇게 되면 사람이 추해집니다.

또 흔히 갖는 것이 술과 이성에 대한 신앙입니다. 외로움과 불안함을 달래기 위해 술과 여자, 혹은 남자의 그늘로 파고듭니다. 거기에 빠져 취할 정도가 되면 그 안에서 기쁨과 편안함이 느껴지는 듯도 합니다.

그러나 그것은 우리의 여행길에 지쳐서 잠시 쉬어 가는, 또는 호기심에 잠시 기웃거려 보는 간이역일 수는 있지만 영원한 고향일 수는 없습니다.

얼마 전에 일본에 갔는데 참 놀라운 광경을 보았습니다. 소위 빠징꼬 백화점이라는 곳에 갔습니다. 우리나라의 오락 시설만 보다가 그곳에 가보니 놀랄만 하더군요.

백화점에 수백 대의 기계가 꽉 들어차 있는데 백발이 성성한 노인들이 도시락을 싸들고 와서 아침부터 밤까지 계속 빠징꼬의 손잡이를 잡아당기는 것입니다.

그 노인들은 다음날에도 또 도시락을 싸들고 와서 빠징꼬 기계 앞에 앉는다고 합니다. 그 속에 빠져 있는 동안은 외로움을 잊고 즐거우니까 그렇겠지요. 그것은 정말로 굉장한 신앙입니다.

대부분의 사람들은 돈이든 놀이든 아니면 종교적인 신앙이든 무엇인가에 빠지지 않으면 못 견딥니다. 그 어느 것에 의지하지 않고도 삶이 기쁨과 평화로 충만하다면 그는 아마 바보든지 깨달았든지 둘 중에 하나일 겁니다. 아무 신앙도 없이 덤덤한 가운데 편안함을 유지할 수 있다면 그것은 굉장한 수준이지요.

"저 파란 창공이 하늘이 아니며 저 까마득한 허공이 하늘이 아니다. 하늘은 얼굴도 바탕도 없고 시작도 끝도 없으며, 위아래와 둘레 사방도 없고, 비어 있는 듯하나 두루 꽉 차 있어서 있지 않은 곳이 없으며, 무엇이나 싸지 않은 것이 없다."

우리 민족의 삼대 경전 중의 하나인 『삼일신고三一神誥』의 맨 첫머리에 나오는 말씀입니다.

이 하늘이야말로 정말로 뜨겁지도 덥지도 않은 그윽한 사랑의 실체입니다. 하늘은 지금 이 순간에도 우리의 심장을 뛰게 하고, 해와 달이 뜨고 지게 하고, 숱한 생명들을 이 세상에 내보냈다가 다시 거두어들이는 자연의 섭리이고 이치입니다. 그 이치에서 모든 방법이 나오기 때문에 동양의 하늘과 서양의 하늘이 하나고, 너와 나의 하늘이 하나입니다.

이 하늘을 알면 우리의 의식은 진정한 평화를 알게 되고 그 편안함 가운데 큰 조화가 일어납니다. 작은 나를 넘어 큰 나를, 숱한 변화 가운데서도 변하지 않는 그 무엇을 알게 됩니다.

이 하늘을 알면 격정적인 사랑에 빠지지 않습니다. 격정적인 믿음과 신앙에도 빠지지 않습니다. 자기 자신을 항상 냉정하게 바라보는 편안한 상태가 죽음 저편까지도 유지됩니다.

행복이란 무엇입니까? 그것은 우리의 의식 수준에 따라 천차만별로 달라지는 것입니다. 우리가 추구하는 행복은 감각일 뿐입니다. 행복은 실체로서 존재하는 것이 아니며 절대적인 것도 아닙니다. 뱀을 보고 징

그립다고 도망가는 사람이 있는가 하면 그 불 뿜는 생명의 아름다움에 감탄하며 화폭에 옮기는 이가 있습니다.

그러니 어떻게 행복을 느끼는 순간이 똑같다고 얘기할 수가 있겠습니까? 다만 행복의 순간에 내면에 스미는 평화로움이야 하나겠지요.

참 평화로움과 참 행복은 흔히 이야기하듯이 '뿅 가는' 그런 것이 아닙니다. 그렇게 좋은 것은 오래 안 갑니다.

태풍이 몰아치고 벼락이 친다 해도 꼿꼿이 결코 흔들리지 않는 그 잔잔하고 적적성성한 어떤 상태의 의식이 있습니다. 그 기쁨은 어지럽고 복잡한 가운데서는 진정 느끼기 어렵습니다.

우리의 몸은 아무리 정성을 들여도 결국은 우리를 배신합니다. 우리가 원하든 원하지 않든 결국은 늙어 땅으로 돌아갑니다. 저는 매일 잠자리에서 눈을 감을 때 내 육체와 인사를 나눕니다.

'내 영혼이 언제 이 몸을 떠날지도 모르는데, 내일 내 심장이 안 뛸 수도 있는데, 오늘 하루도 정말로 수고했구나.'

이렇게 인사하고 눈을 감습니다.

하늘을 알고부터는 그 순간이 전혀 두렵지 않고 편안합니다. 내가 잠을 자는 순간에도 나는 하늘 속에 있고 내 육체를 떠난다 해도 여전히 하늘 가운데 있을 것이기 때문입니다.

오늘도 하늘은 계속 밀물과 썰물같이 내 몸으로 들어왔다가 또 나갑니다. 매번 숨을 쉴 때마다 저는 '아, 하늘이 또 이렇게 들어와 내 귀하고 귀한 영혼을 닦고 있구나.' 하고 생각합니다.

가끔은 하늘이 내 몸 가득히 들어오도록 숨을 깊이 들이마셔 봅니다. 그 하늘이 우리의 마음을 편안하게 헤 주고 불안한 마음과 외로운 마음을 씻어 줍니다.

모든 만물은 하늘에서 나왔고 또 하늘로 돌아갑니다. 우리의 고향은 바로 하늘입니다. 하늘을 느끼고 아는 사람은 공公을 아는 사람입니다. 무엇인가에 집착하고 빠져 있는 사람은 중심을 잃게 되고 중심을 잃어버린 사람은 바르게 볼 수가 없습니다. 돈이든 명예든 사상이든 너무 깊게 빠져 버리면 인생의 고향이 아닌 간이역에 영원히 정착하고 맙니다.

거기서 한 발짝만 나와서 맑은 머리와 편안한 가슴으로 우리를 바라보고 관찰해야 합니다. 내가 돈에 너무 깊이 빠져 있지 않은가, 내가 명예에 너무 깊이 빠져 있지 않았는가? 내가 육체에 너무 깊이 빠져 있지 않았는가?

우리는 누구든지 왔다가 갑니다. 그것도 혼자 왔다가 혼자 갑니다. 원래 우리는 외로운 존재인 것입니다. 외로운 존재인 것을 뚫어지게 알고 그 다음에 세상을 보아야 합니다. 인생이 결국은 혼자의 길임을 자각하지 못하다가 자기가 외롭다는 것을 알고는 가슴 아파하는 사람이 많습니다. 어떤 일에 몰두할 때나, 어떤 집착에 빠져 있을 때 잠시 외로움을 잊을 수는 있습니다. 그러나 본래 자연의 모습은 외로운 것입니다.

정말로 외로움을 아는 사람은 담대합니다. 정말로 외로움을 아는 사람은 자신이 있습니다. 원래 삶이 고독하다는 것을 알기 때문에 고독에 놀라거나 뒷걸음질치지 않습니다. 삶은 외로운 것임을 알기 때문에, 진실을 알기 때문에, 그 사람에게는 힘이 있습니다. 그러나 그 진실을 모르고, 외롭지 않은 상태를 찾으려고 하는 사람은 쉽게 약해져 버립니다. 그 사람이 알고 있는 뿌리가 가짜이기 때문에 힘이 없습니다.

그런 사람은 "내가 왜 외로워야 하는가! 어떻게 내가 이럴 수 있는가?" 이렇게 자기가 외로운 것을 보고 놀랍니다.

그러나 깨달은 이는 외로움에서 안식을 얻습니다. 그 찬란한 고독 속에서 진정한 평화와 사랑과 조화가 나옵니다. 홀로 있되 모두와 함께 있는 자리, 하나이되 동시에 전부인 자리, 그것이 하늘이며 이 우주의 이치입니다.

새벽은 새벽에 눈뜬 자만이 볼 수 있다

새벽은 새벽에 눈뜬 자만이 볼 수 있습니다.
새벽이 오리라는 것을 알아도 눈을 뜨지 않으면 여전히 깊은 밤중일 뿐입니다.
가고 오는 것의 이치를 알아도 작은 것에 연연하는 마음을 버리지 못하면
여전히 미망 속을 헤맬 수밖에 없습니다.

아침 저녁으로 제법 선선한 바람이 붑니다. 지난 여름 한철, 끝이 없을 것만 같던 더위도 바람에 씻겨 어느덧 가고 없습니다. 왔던 것은 그렇게 때가 되면 가나 봅니다.

우리의 몸도 언젠가는 반납을 하고 가야 합니다. 이 우주로부터 잠시 빌려 쓴 것이기 때문입니다. 더불어 우리가 가지고 있는 집, 돈, 명예도 모두 반납해야 합니다. 아무것도 가져갈 수 없습니다. 조건 없이 받은 생명이기 때문에 조건 없이 반납해야 합니다. 다만 우리에게는 이 세상에 살아 있는 동안 잠시 빌린 몸을 뜻대로 쓰다 갈 수 있는 책임과 권한이 주어집니다.

이사갈 때 집까지 싣고 가는 사람이 어디 있습니까? 거기 가서 새로 집을 구하면 되는 거지요. 우리의 몸은 집과 같다는 생각, 이것도 하나의 각성이자 깨달음입니다. 육체는 집입니다. 영혼의 집입니다. 집은 오래 살다 보면 낡습니다. 몸도 마찬가지입니다.

자식도 자기 자식이 아닙니다. 착각인 거지요. 자식을 낳을 때도 우리 뜻대로 할 수 있는 것은 아무것도 없습니다. 머리카락 하나 늘이고 줄이는 것도 우리와는 아무런 관계가 없습니다. 다만 우리는 심부름을 할 뿐입니다. 우주의 창조를 도운 하나의 심부름꾼일 뿐입니다. 그러니 자식의 인생은 자식의 인생입니다. 그도 우리와 함께 이 세상에 태어나 자기 스스로의 생명을 아름답게 꽃피우다 가는 존재입니다.

한 번 태어난 것은 언젠가 한 번은 죽을 수밖에 없고, 만남이 있으면

반드시 헤어짐이 있다는 걸 모르는 사람은 없지요. 그런데도 결국은 반납하고 가야 할 것들에 집착하게 되니, 아는 것을 몸으로 옮기기가 참 어렵습니다.

새벽은 새벽에 눈을 뜬 자만이 볼 수 있다는 말이 있습니다. 새벽이 오리라는 것을 알아도 눈을 뜨지 않으면 여전히 깊은 밤중일 뿐입니다. 가고 오는 것의 이치를 알아도 작은 것에 연연하는 마음을 버리지 못하면 여전히 미망 속을 헤맬 수밖에 없습니다.

127

나이가 많은 사람들은 서서히 빌린 몸을 반납할 준비를 해야 합니다. 자신의 지난 삶을 되돌아보고 죽음에 대해서 생각해 보아야 합니다. 죽음을 어둡고 쓸쓸하고 두려운 것이 아닌 혼의 탄생으로 맞이하는 자세를 배우는 것이지요. 낡은 집을 두고 이제 새집으로 이사가는 것입니다.

젊은 사람들은 자신의 몸을 아낌없이 활용할 준비를 해야 합니다. 우리는 '끝없는 사랑과 창조'라는 우주의 섭리에 의해 이 세상에 태어났습니다. 그 탄생을 위해 공기, 풀, 나무, 햇빛, 바람 등 수많은 생명이 동참했습니다. 또 앞으로도 수많은 생명이 우리의 성장을 위해 동참할 것입니다. 우리 또한 그렇게 사랑하고 창조하다 가야 합니다.

자기의 몸에 비위를 맞추는 것은 창조하는 게 아닙니다. 돈을 벌어서 쌓아 놓는 것은 창조하는 게 아닙니다. 머리 속에 아무리 많은 지식이 들어 있어도 그 또한 창조하는 것이 아닙니다. 돈을 잘 버는 사람보다는 잘 쓰는 사람이 더 멋있어 보입니다. 공부를 하고 있을 때보다는 공부를 가르칠 때 더 큰 기쁨이 있습니다. 널리 알리고 나누고 베풀다 가야 하는 것입니다.

나는 늘 이 세상을 떠날 때는 담뱃재 떨어지듯이 폭삭 늙어서 떠나야 겠다고 생각했습니다. 타다 만 장작같이 미지근하게, 늘 무언가를 아쉬워하며 사는 것이 아니라 살아 있는 동안 내 에너지를 모두 태우다 가야 겠다는 것입니다.

세상에는 두 가지 유형의 사람이 있습니다. 자신이 정한 삶의 목표를 위해서 자기 몸을 쓰고 활용하다 가는 사람이 있고 몸에 비위를 맞추다가 가는 사람이 있습니다.

자기 몸의 주인이 되고 자기 몸을 활용하려면 삶에 뚜렷한 목적이 있어야 합니다. 몸은 내 정신이 잠깐 머물러 있는 곳입니다. 그런데 사람들은 다 그 몸 속에 갇혀 살아갑니다. 다시 말하면 욕망에 갇혀 살아갑니다. 욕망이 있다는 것은 자연스러운 일입니다. 그런데 문제는 그 욕망을 모시느라고 어찌할 줄을 모른다는 것입니다. 주인이 되어 틀셔야 하는데도 말입니다. 이 몸도 모셔야 되는 것이 아니고 써야 될 대상입니다. 몸을 모시는 것은 곧 자동차를 사서 폐기처분할 때까지 매일 닦기만 하는 것과 같습니다.

인생을 살면서 자기의 모든 것을 헌신할 만한 삶의 목적이나 대상을 발견한 사람은 아름답습니다. 그러나 그 대상을 찾지 못했거나 잃어버린 사람은 늘 외롭습니다. 인간의 깊은 내면에 있는 그 근본적인 외로움은 이 세상 무엇을 갖고도 해결할 수가 없습니다. 그 목적을 찾아야만 비로소 해결되는 것입니다.

힘은 결정했을 때만 작동하기 시작합니다. 판단이 되기 전의 중간 상태에서는 천하에 제 아무리 힘이 센 소라도 한 걸음도 떼어 놓지 못합니다. 판단을 했을 때 왼쪽으로 갈 건지 오른쪽으로 갈 건지, 전진할지 후퇴할지가 결정되고, 그때서야 비로소 힘이 써지는 것입니다. 인생에서 가장 중요한 결정은 바로 '삶의 목적을 어디에다 둘 것이냐'를 정하는 것입니다.

우리 민족의 삼대 경전 중의 하나인 『참전계경』에는 '의식'이란 말이 있습니다. '의意란 마음으로부터 명령을 받는 것이고, 식植이란 깊이 뿌리내려 움직이지 않음을 뜻한다. 뜻이 하늘 마음에서 명령을 받아 움직이는 것이 아니라 사람의 욕심을 좇아 멋대로 움직이면 결국 몸 전체가 하늘의 명령을 어기는 것이 되어 마침내 그 공을 거두지 못하고 바람이 불어 나뭇가지가 흔들리다가 뿌리마저 흔들리게 되는 것과 같다. 하늘 마음으로 바르게 하고자 할진대 먼저 마음의 밭을 고루 갈아야만 그 얼음이 있을 것이다.' 마음에서 나온 뜻이 뿌리를 내려 변함이 없는 것, 내 삶에는 과연 그런 것이 있는가? 깊이 되물어 볼 일입니다.

스스로 공을 들여서 이 세상에 나온 사람은 없습니다. 나올 때 조건부로 하늘과 계약서 쓰고 나온 사람도 없습니다. 나는 언제까지 살겠다고 도장 찍고 나온 사람도 없습니다. 그러니 우리는 아침에 눈을 뜨면 '오늘도 이렇게 눈이 떠지는구나, 오늘도 이렇게 내 심장이 뛰고 있구나' 할 정

도로 감사하는 마음을 가져야 합니다.

뭐가 부족하고 뭐가 부족하고……. 다들 불만이 너무 많고 또 너무 성급합니다. 결국은 왔다가 갈 텐데 뭐가 그리 급한지 모르겠습니다. 천지가 왜 이리 오랫동안 존속하느냐 하면 서두르지 않고 다만 정확하기 때문입니다. 아침에는 정확하게 태양이 뜨고, 질 때는 또 정확하게 지지요. 천지 자연은 느긋한데 오직 사람들만 급하다고 허겁지겁, 이리 뛰고 저리 뛰고 콩볶듯 요란합니다.

하늘에 몽땅 맡겨 버리면 그 다음부터는 걱정할 것이 없습니다. 깊은 좌절의 순간마다 '내가 언제부터 나였나? 원래 하늘에서 난 것이지. 하늘이 나를 태어나게 했으니까 몽땅 책임지시오. 나는 하늘이 하라는 대

로 하겠소.' 이런 배짱이 있어야 합니다.

탁 맡겨 버리는 겁니다. '나를 태어나게 한 것은 하늘이다. 나를 먹고 살게 하는 것도 하늘이고 왔던 곳으로 데려 가는 것도 하늘이다. 하늘의 이치대로 사는 것이니까 이제 나는 없다. 내 것은 아무것도 없으니 내 복이든 병이든 다 가져가라.' 하늘 뜻대로 하라 이겁니다. 그러면 어떤 병이든 하루아침에 싹 없어져 버립니다. 하늘이 가져가 버립니다. 그런데 대부분의 사람들은 그 병도 내 것이라고 움켜잡거든요. 또 복도 내 복이라고 움켜잡습니다. 자신이 잘나서 그런 복이 왔다고 착각하는 거지요. 병도 우리 것이 아니고 행복도 우리 것이 아닙니다. 다 던져 버리면 그때 하늘과 땅이 우리를 주관합니다. 내가 내 것이 아님을 알고 나면 평화가 옵니다. 그 다음엔 흘러만 가면 되는 거지요. 완전히 나를 비워 버릴 때 참 우주와 하나되는 것입니다.

사람은 누구나 이 세상에 태어날 때 어떤 사명을 가지고 태어납니다. 태어날 필요성이 있기 때문에 태어난 것입니다. 이 세상에 태어나 자신의 가치를 발견하고 또 그것을 실현한 사람은 성공한 사람입니다. 그러나 스스로를 있어도 그만, 없어도 그만인 사람이라고 생각하다 간다면 사는 재미가 별로 없을 겁니다.

행복한 삶이니 불행한 삶이니 하는 것은 태어날 때부터 결정된 것이 아니고 그러한 사명과 가치를 알았느냐, 몰랐느냐에 따라서 결정됩니다. 스스로 자신을 무의미한 존재라고 생각하면 삶은 무의미할 수밖에 없습니다. 나라는 존재를 이 세상에 필연적인 존재로 여기고 그러한 가치관을 정립하면 그 다음부터 그 사람의 인생은 틀림없이 달라집니다. 마음은, 펴면 우주를 덮을 수 있고, 모으면 바늘 끝만큼 모을 수 있으니까요.

너와 나는 허공에 핀 꽃

우리의 코로 하늘이 들어오고,
입으로 땅이 들어오고 있습니다.
우리는 하늘과 땅에 뿌리를 박고 태어난
한 송이 아름다운 꽃입니다.
마치 음극과 양극이 만나 밝은 불빛을 만들어 내듯이
우리의 생명은 이렇게 천지간의 합작으로
환히 피어나 있는 것입니다.

목숨처럼 아끼던 누군가가 자신의 기대를 저버렸을 때 사람들은 흔히 이렇게 말하곤 합니다.

"너만 믿고 살았는데, 너를 위해 살았는데……"

사람들은 슬퍼하고 좌절하고 괴로워합니다. 그러나 나는 '누구를 위하여 산다'는 말을 믿지 않습니다. 그것은 하나의 도리나 윤리일 뿐입니다. 도리는 도리일 뿐 삶의 목적이 되어서는 안 됩니다. 누구나 삶의 목적만은 분명히 가지고 있어야지요.

그 목적을 위해서 살아갈 때 도리는 자연히 탄생하는 것입니다. 목적을 잃어버리고 도리만 따라간다면 진실로 자기가 살아가는 것이 아닙니다. 언제나 끌려다니는 삶을 살게 됩니다.

결국 사람은 자기 실현을 위해서, 인간 완성을 위해서 삽니다. 그것을 위해서 결혼도 하고 일도 하고 신앙 생활도 하는 거지요.

아늑하고 풍요로운 환경이, 가정이나 형제가 삶의 목적은 아닙니다. 그것을 목적이라고 말하는 사람은 도리를 위해서 사는 사람입니다. 그렇게 사는 이의 가슴에는 항상 만족이 없습니다.

정말로 자유로운 사람은 도리, 윤리를 잃어버리고 사는 사람입니다. 강박관념처럼 도리를 항상 기억하고 사는 사람은 자유로울 수 없습니다. 이 말은 도리나 윤리가 불필요하다는 말도, 지킬 필요가 없다는 말도 아닙니다. 아무리 하고 싶은 대로 해도 도리에 걸림이 없는 사람이 큰 자유인이라는 의미입니다.

왜 많은 사람들이 심인성 질환 때문에 고생하는 것일까요? 도리라는 굴레에 매여 있기 때문입니다. 욕망과 도리와의 싸움 속에서 갈등하고 답답해 하다 보니 가슴에 열이 차고 에너지 순환이 잘 안 되는 것입니다.

사람들은 모두 자유롭기를 원하고 또 자유로워져야 하지만, 질서를 잃어버린 자유는 혼란스럽습니다. 그런데 질서는 법으로 규칙을 정하고 안 지키면 벌한다고 해서 만들어지는 것이 아닙니다.

자유의 실체를 안다는 것은 바로 진리의 실체를 안다는 것이고 생명의 실체를 안다는 것입니다. 무한한 에너지 창고인 천지자연의 법칙을 알아 그 순리대로 사는 것이 진정한 자유입니다.

뭐는 꼭 해야 하고, 뭐가 꼭 되어야 하고……, 사회가 혹은 자신이 만든 이런 규정에 묶여 살면 피곤합니다. 우리는 항상 찰나 찰나 삶의 주인이 되어야 합니다. 그런데 대부분 그렇게 못하고 있지요.

다들 틀 속에 갇혀서 눈치보기 바쁩니다. 그런 경직된 상태에서는 대자연의 에너지와 교류하기가 힘듭니다. 항상 자유로운 의식 속에서 자기 자신이 정말로 무엇을 원하는지 알아야 합니다.

자꾸 자각해야 합니다. 내가 지금 이것에 갇혀 사는구나, 보이지 않는
저것에 갇혀 있구나……

추하다, 깨끗하다, 선하다, 악하다 하는 것, 이 모든 것도 우리의 관념
에 의해서 만들어진 것입니다. 존재하는 모든 것들은 진리가 그렇듯이
그냥 존재할 뿐입니다.

사람들이 악이다, 선이다, 이렇게 해야 한다, 저렇게 해야 한다는 등
의 선을 정해 놓고 거기에 발이 걸려서 서로 싸우고 욕하고 있을 뿐이지
요. 살다 보면 매이게 되는 것이 얼마나 많은지 모르겠습니다. 그러나
또 곰곰이 생각해 보면 우리 인생의 주인된 자리로 되돌아오기 위해 실
천할 수 있는 일도 많습니다.

많은 사람들이 '결혼'과 '일'의 문제로 고민하고 주위 사람들과 부
딪히는 것을 자주 보아 왔습니다. 자유로워지고 행복해지는 데 도움이

될 수 있는 사람을 만나면 결혼도 하는 것이고 또 일도 하는 것입니다. 그런데 그런 사람을 아직 못 만났는데도, 또 그런 일을 아직 찾지 못했는데도 주위에서 이야기하는 '나이'나 '조건'에 매여서 길가에서 물건 사듯이 결혼 상대자를 구하고 일자리를 찾을 수는 없는 노릇입니다.

부모도 아들 낳고 딸 낳는 것을 선택해서 마음대로 할 수 없었듯이 결혼하는 시기, 대상자 등을 정하는 것 역시 오롯이 자녀들의 몫이지요. 자녀가 자기의 뜻을 안 따른다고 해서 스트레스를 받는 것은, 왜 태양이 좀 파랗게 안 보이고 빨갛게 보이냐고 투덜거리는 것과 하나도 다를 바가 없습니다.

충고 정도야 해 줄 수 있겠지만 그것은 부모가 책임질 문제가 아닙니다. "왜 별이 저렇게 있지, 왼쪽에서 빛나지 말고 오른쪽에서 반짝이면 더 멋있을 텐데." 이렇게 말하는 것과 똑같습니다. 그것을 맞추려고 하니 얼마나 스트레스 받겠습니까?

진리를 안다는 것도 마찬가지입니다. 세상의 지식이야 책을 읽고 말을 듣고 배워서 알 수 있는 것이지만 진리는 그렇게 알아지는 것이 아닙니다. 우리는 이미 진리 속에서 살아왔습니다. 다만 못 느끼고 있었을 뿐이지요.

사람은 누구나 할 것 없이 다 자기를 위해서 삽니다. 그런데 그 중심이 자기 안에 있기 때문에, 그 중에서도 보통 육체에만 머물기 때문에 흔히 '자기를 위하는 것'이 다른 사람과 대립하는 이기심으로 나타납니다.

그러나 마음의 눈을 떠서 우리 생명의 뿌리가 어디에 있는지를 정확하게 보게 되면 그때부터는 달라지기 시작합니다. 사람들은 보통 생명의 근원이 몸 안에 있다고 생각합니다. 눈으로야 그렇게 보이지요. 그러나 우리의 생명은 하늘에서 왔고 땅에서 왔습니다. 숨을 쉬고 음식을 먹지 않으면 한순간도 살아갈 수 없습니다.

우리의 코로 하늘이 들어오고, 입으로 땅이 들어오고 있습니다. 우리는 하늘과 땅에 뿌리를 박고 피어난 한 송이 아름다운 꽃입니다. 마치 음극과 양극이 만나 밝은 불빛을 만들어 내듯이 우리의 생명은 이렇게 천지간의 합작으로 환히 피어나 있는 것입니다.

그러나 이 생명의 원리도 관념적으로만 알아서는 아무 소용이 없습니다. 머리로는 누구나 이해할 수 있는 말이지만 진정으로 느껴 알면 그 간단한 이치가 마음에 사무치고 사무쳐서 큰 환희심이 생깁니다.

또 그 사람은 육체의 생명이 다해도 그것이 끝이 아님을 알게 됩니다. 우리는 천지에서 왔다가 천지로 돌아가기 때문에 생명의 근원을 천지에 두고 사는 사람은 영원히 산다 할 것입니다.

생명의 근원이 천지에 있음을 아는 사람은 '너와 내가 하나' 라는 말의 진의를 절로 깨닫게 됩니다. 방금 내 몸 속에 들어와 더운 피를 타고 흐르던 공기가 바로 옆 사람의 가슴으로 흘러 들어가고, 방금 내 옷자락을 흔들고 간 바람이 어느 낯선 이의 코끝을 간지럽힙니다. 그 이치를 알게 된다면 자기를 위해서 살되 진정 작은 이기심에서 벗어날 수 있게 됩니다.

우리가 이 가을에 떨어지는 나뭇잎 하나를 보려고 해도 눈이 있어야 하고 빛이 있어야 하고 생각하지도 않았던 먼지가 있어야 합니다. 수많은 먼지가 빛과 부딪혔을 때 그 반사광을 통해서 사물을 식별할 수 있는 것이지 빛만 있어서는 나뭇잎 하나도 볼 수 없습니다.

우리가 미처 몰랐던 것들, 우리의 관심 밖에 있던 여러 가지 조건들, 이 모든 것들이 함께 조화를 이루어야만 우리는 볼 수 있는 것입니다.

그저 우리 인간의 지식과 살림 재간으로만 살아가는 것 같지만 그 삶을 위해서 얼마나 많은 조건들이 마련되어야 하는지 모릅니다. 알고 보면 세상은 너무나 신비하고 조화롭습니다.

많은 사람들이 단전호흡이니, 요가니, 명상이니 하는 이름으로 수행을 합니다. 모두 대자연의 에너지를 느끼고 대자연과 하나되기 위한 것이지요. 그런데 기 수련을 하는 사람들 중에는 네 기가 세니, 내 기가 세니 하며 경쟁을 하는 이도 더러 있나 봅니다. 수행의 본질을 모르는 어리석음의 결과입니다.

우리는 천지자연 가운데 태어나서 그 기운을 받으며 살아가고 있습니다. 결국 하늘로부터 기운을 얻는 것인데 누가 더 세고 덜 세고가 어디 있겠습니까? 큰 기운은 마음으로 얻어지는 것이지 힘을 쓰고 단련해서 생기는 것이 아닙니다. 단련을 통해 축적하는 기는 한계가 있습니다.

마음의 주파수를 통하면 대자연의 에너지를 바로 쓸 수 있습니다. 그러니 엄청난 파워가 나오지요. 하늘의 기운을 모르는 사람은 계속 단련을 해야 합니다. 단련한 것만큼 기가 세지기는 하지요. 그러나 그 기의 뿌리는 이기심에 있습니다. 도전적인 기운이고 방어적인 기운이지요. 서로 사랑하는 기운이 아닙니다. 그러니 수행을 할 때는 팔다리의 힘을 기르는 것보다는 마음을 열고 대자연과 교류하려고 애써야 합니다.

몸 안에서 만들면 얼마나 만들겠습니까? 우리는 이미 대자연의 에너지와 서로 케이블이 연결되어 있습니다. 자기 안에 있는 기운을 단련시켜서 하려면 십 년이 걸리고 백 년이 걸릴 일이지만 그 케이블만 연결하면 순식간에 이루어집니다.

우리가 직접 텔레비전을 만들어서 보아야 한다면 참 수고스럽고 곤혹스러울 겁니다. 그러나 텔레비전은 이미 만들어져 있기 때문에 코드만 꽂으면 됩니다. 비단 수련뿐만 아니라 세상 모든 일의 원리가 다 그렇습니다. 무방법이 상방법이라는 말도 있듯이 방법은 언제나 굳게 마음먹고 난 후의 일이지요.

우리는 천지에 생명의 뿌리를 내리고 있으며 천지와 교류하며 살도록 운명지워진 존재입니다. 다들 이 가을처럼 깊어져서 대자연으로부터 삶의 의미와 사는 방법을 배울 수 있었으면 합니다.

새벽은 새벽에
눈뜬 자만이 볼 수 있다

초판 1쇄 발행 1996(단기 4329)년 12월 15일
개정판 22쇄 발행 2017(단기 4350)년 2월 28일

지은이 · 김수덕
펴낸이 · 심정숙
펴낸곳 · (주)한문화멀티미디어
등록 · 1990. 11. 28. 제21-209호
주소 · 서울시 강남구 봉은사로 317 논현빌딩 6층 (06103)
전화 · 영업부 2016-3500 편집부 2016-3532 팩스 543-3541
http://www.hanmunhwa.com

편집 · 이미향 강정화 최연실 진정근
디자인 제작 · 이정희 목수정
경영 · 강윤정 권은주 | 홍보 · 박진양 조애리
영업 · 윤정호 조동희 | 물류 · 박경수

ⓒ김수덕, 2001
ISBN 978-89-5699-311-9 03810